Franziska König

Der wichtigste Ort auf Erden

Journal

Realdoku
aus dem wahren Leben

Meinem lieben Onkel Hartmut gewidmet!

BoD – Books on Demand
© März 2022 von Franziska König
Cover: Gemälde von Erika König „Die heimische Küche"
Covergestaltung: Franziska König & Agentur Baumfalk Aurich
Herstellung und Verlag: BoD –Books on Demand Norderstedt
ISBN: 9783754317501

Franziska (Kika) mit ihrer Violine – fotografiert von ihrer lieben Freundin Ute Bott aus Rottweil.

„Wenn ich dereinst verstorben bin, so schweigt auch meine Violine!" sagt sie.

Drum bringt Franziska alle vier Wochen ein schlankes bis vollschlankes Taschenbuch heraus.

Erzählt werden Geschichten aus dem wahren Leben, die von erhöhtem Interesse sein dürften.

Jeden vierten Dienstag um 18.05 wird das fertige Manuskript in die Umlaufbahn entsandt.

Die meisten Vorkömmlinge
finden sich im Personenverzeichnis
am Ende des Buches

Hier die Familie vorweg:

Buz (Wolfram), unser Papa (*1938) Professor für
Violine an der Musikhochschule in Trossingen
Rehlein (Erika), unsere Mutter (*1939)
Ming (Iwan), mein Bruder (*1964)

Ein Buch ohne Vorwort.
Sie können gleich anfangen zu lesen…

April 2003

Dienstag, 1. April

Ein leider höchst unschönes Wetter!

Im Traume *schöpfte eine welke abgearbeitete Hand, die einem dünnen freudlosen Frauenzimmer gehörte, Reissuppe in bereitgestellte Suppenschalen. Ich war bei der Armenspeisung gelandet!*

Neben der großen, dampfenden Suppenschüssel stand auf einem Reiter Folgendes zu lesen:

Wir freuen uns sehr, wenn Sie hier Freunde finden, mit denen Sie lachen, und sich lebhaft unterhalten können. Doch wir bitten Sie im Interesse der anderen Gäste, auf Grölereien zu verzichten.

Die Speisung kostete bloß einen symbolischen €uro, der sich durch Straßenmusik mühelos erspielen ließ.

Geburtstagsbedingt wurde Rehlein ständig der Frühstückstafel entrupft.

Der erste Anruf kam vom Arthur, der als Gratulant Nägel mit Köpfen machte, und die Jubilarin nebst Anhang für den Abend um 18 Uhr zu einem festlichen Galadinner einlud. Rehlein rief gleich freudig in der Schillerstraße an, wo Ming bei der Julia genächtigt hatte.

Ming vergaß, seiner Mutter zu gratulieren, dieweil er sich soeben in einer ganz verdatterten Stimmungslage befand: Er als Umweltschützer hätte schwören können, gestern abend mit dem *Radl* zur Julia gefahren zu sein, und doch stand am Morgen sein *Auto* in der Schillerstraße!

Später entpuppte sich das Ganze als Aprilscherz, den sich Mings künftiger Schwiegervater, Herr Müller, erlaubt hatte. Unwirsch habe er ins Zimmer der jungen Leute hineingerufen: „Parkt ihr das Auto vielleicht mal weg??"

Gebannt schauten Rehlein und ich uns einen packenden Film an:

Ein in Bombay lebender Amerikaner bereiste drei Wochen lang seine Heimat Amerika. Nachdem er die Sonora Wüste besucht hatte, reiste er nach Kanada, wo es trotz des schönen Sonnenscheins leider arscheskalt war.

Es handelte sich bei diesem Amerikaner um einen professionellen Schlangenfänger, dem sein Beruf so viel Freude zu bereiten schien, daß er ihn sogar im Urlaub ausübte.

Wir schauten auf seine geschnürten Schuhe, in denen er im Sonnenschein durch Kanada lief.

An einer Stelle befanden sich unzählige Strumpfbandnattern, so daß man als Frau einen Schreikrampf bekommen möchte, wenn man beim Bettgang zu später Stund´ entdecken muß, daß einem jemand einen Streich gespielt, und einen riesigen Koffer mit Strumpfbandnattern im Bett ausgeleert hätte.

Mitten in diese kleine amüsante Schaudergeschichte hinein, die als kunstvolles Gemälde aus der Biedermeierzeit in unserem Inneren aufgestiegen war, rief unser Freund Hans-Jürgen an.

Auch er hatte vergessen, daß Rehlein heute Geburtstag hat, und klang ganz aufgeregt, dieweil es neue unglaubliche Geschichten über seine Noch-Ehefrau Ruth zu erzählen gab:

„Nun ist mir klar, daß meine Frau wirklich verrückt ist!" sagte der Hans-Jürgen in fassungsloser Enttäuschung, vom Schicksal derart getreten worden zu sein. Mehr noch: Entgeistert japste er nach einem noch passenderen Wort, während sich ein ganz erschütterter Ausdruck in Rehleins liebes Gesicht malte.

Doch hört selber:

Die Ruth hatte eine Affäre mit einem stadt-bekannten Arzt begonnen, und tat zuvor scheinheilig so, als müsse sie sich in ärztliche Behandlung begeben. Den Grund hatte sie ihm jedoch nicht verraten mögen:

„Du weißt ja: Arztgeheimnis!" habe sie dümmlich gewitzelt.

Diesem Arzt wollte sie nun die kostbare Brief-markensammlung vom Hans-Jürgen schenken, und hatte das exklusive Geschenk bereits eine Weile lang bei ihrer Putzfrau und Vertrauten versteckt, um zu schauen, ob es dem Hans-Jürgen überhaupt auffällt, wenn die Sammlung fehle?

Und dann wollte sie dem Arzt, für den sie offenbar nur ein kleines Abenteuer war, von Hans-Jürgens sauer erspartem Geld auch noch ein Auto kaufen!

„Eine Frau, die alles hat! Mutter von vier wohlgeratenen Kindern! Ganz zu schweigen von ihrem arbeitsamen Ehemann, der es seiner Familie an nichts mangeln lässt!" rief der Hans-Jürgen erschüttert und gleichsam fassungslos durch den Hörer.

Und dieser Arzt habe sich nun vor einer Woche überraschend das Leben genommen! erfuhren wir.

Mich bewehte der Frost, und auch das ungeheuer kneippige und schubberige Innenleben von der Ruth, nach dem Selbstmord dieses Herrn, der von jetzt auf gleich einfach nicht mehr da sein soll?

Passend zu dieser Geschichte wurde das Wetter draußen ausgerechnet an Rehleins Geburtstag ganz häßlich.

Ein wütender Regen peitschte herum, berüttelte und verbog Äste und Zweige, die sich unter seiner wüsten Wucht regelrecht zu krümmen schienen, und begischtete die Fenster wie in der Autowaschanlage.

Ein Frustablassungstanz der Natur – dem Seelenleben vom Hans-Jürgen nachempfunden.

Im Hinblick auf den Rehrücken am Abend gönnten wir uns Mittags statt einer *Mahlz*eit nur eine Kahlzeit.

Abends besuchten wir unseren lieben Freund Arthur:

Ich schaute gleich nach Arthurs Mutti, die ihrerseits ebenfalls einen Gast hatte, der in einem Sessel saß, und mit der gekrümmten und welkenden Gestalt im Rollstuhl sprach, deren Füße in wärmenden Babuschen staken. Ihr Bruder Flo (Adolf-Lorenz).

Ich selber nahm auf dem Kaminsims Platz und schaute auf die weiße Frisur von Mutti Paula drauf.

Dadurch, daß die Paula mit ihrem Bruder meist Adelsthemen zu besprechen pflegt, schielte ich nach der Zeitung, und auch wenn es ein wenig unhöflich gewesen sein mag, so zupfte ich mir die Zeitung doch heran, um so geräuschfrei wie irgendmöglich nach den Todesanzeigen zu blättern.

Ein Herr in Leer starb im 104. Lebensjahr und wurde still betrauert.

Onkel Flo wollte wissen, ob ich meine Eltern betreue?

„Sehe ich denn schon so alt aus?" lachte ich. „Die betreuen *mich*!"

Dies sagte ich nett und wahrheitsgemäß.

Bald darauf wurde ein festliches Abendmahl serviert. Befeiert wurden die beiden Jubilatorinnen Rehlein und Helga, die heut ihr sechsjähriges Jubiläum als treue Hausdienerin der Familie feiert.

Mutti Paula, die neben mir saß, fädelte eine Unterhaltung ein. Sie erzählte von ihrem Mann Horst, der sich sehr darauf versteht, die Gäste mit seiner Meisterschaft auf dem Schifferklavier zu verblüffen und zu begeistern.

Zuweilen nimmt er sein Spiel auf Tonband auf, und hört sich seine Musik äußerst kritisch an.

Ich erfuhr, daß die Paula früher rasend, und viel zu lang in ihren Horst verliebt war, während beim Horst selber die Verliebtheit schon kurz nach der Eheschließung abebbte und versickerte.

Zunächst wurde ein Aquavit gereicht, ferner Appetithäppchen mit Hering und Sahnemeerettich, als kleiner aber feiner Zwischengang eine Hühnerbouillon, und schließlich Rehrücken mit deliziöser Soße, Kartoffelklößen und Rotkraut.

Zum Dessert wurde Vanille-Eis mit Zwetschgen serviert.

Hm, dies schmeckte uns!

Arthur und Ming schwelgten in Erinnerungen und sprachen über die Jahre des gemeinsamen Studiums in Berlin.

„Ihr seid ja schon in der Rückblicksphase!" lachte Rehlein.

Man erzählte von Meenhard F., einem Kommilitonen, der in seiner weltverbesserlichen Art leicht an Opas Jünger „Böhmert" erinnerte, und nun als Naturköstler lebt.

Wir lachten über seinen Aufsatz für die Zeitschrift „Natürlich leben":

Er möchte keine Nachbarn, die grölend am Grill stehen, sondern lieber lachende Nachbarn, die im Walde Brombeeren zupfen.

Mittwoch, 2. April

Grau und regnerisch.
Doch abends lichtete es sich auf

Als wir tief in der Nacht - das Kalenderblatt war bereits abgezupft worden - den Anrufbeantworter molken, war selbiger von Glückwunschtelefonaten regelrecht vollgesogen: Allein sechs Ansagen stammten vom ratlosen Buz, denn niemand hob ab.

Heute träumte ich wie folgt:

Das prominente Ehepaar Wussow (Klaus-Jürgen und Yvonne) traf sich an einem neutralen Ort zu einer Aussprache über seine Ehemisere. Doch der Klaus-Jürgen lenkte die Wortgeschosse schon bald auf ein Thema, das ihm viel wichtiger schien als seine Ehekrise: Die Krise im Irak!

Seine böse Frau Yvonne war davon leicht beschämt, weil sie immer nur ihren Eheschrott im Kopf gezwirbelt, und darüber die wirklichen Probleme auf der Welt gedanklich ganz unter den Tisch gekehrt hatte.

Am Morgen rief Buz sogar nochmals an, und wurde davon naturgemäß noch ratloser, als schon wieder niemand abhob!

„Du schläfst doch in meinem Bett, Kikanüdelchen!" sagte Buz so nett, und hatte recht damit. Aber ich war zu müd, mich zu erheben.

Nach einer Weile rief Omi Baumgart an, um ein fröhliches Geburtstagslied zu singen. Doch sie besang die Falsche – nämlich mich.

Später meldete sich die ehemaliege Gegenschwiemu nochmals bei Rehlein, und durch den lautgestellten Lautsprecher hörte sich das Telefonat beinahe an wie früher, als Rehlein noch regelmäßig mit ihren Eltern telefonierte.

Bedingt durch Schwerhörigkeit und Generationenbarriere leicht anstrengend.

Ich wurde immer schwächer, und auch der Kaffee, der doch vor einigen Tagen noch Wunder bewirkt hatte, nutzte kaum noch.

Zwischen elf und zwölf kam meine neue Schülerin Maria mit ihren kleinen Töchterlein Miriam.

Rehlein hatte das Zimmer schon ein bißchen kindgerecht umgeräumt, und ich hatte auf Buzesart beschwichtigend beschworen, daß die Kleine nur artig auf einem Schemel sitzen würde, um dem Unterrichtsgeschehen zu lauschen.

Die kleine Miriam hatte den heutigen Schulreifetest leider nicht bestanden, doch die fröhliche Mutti Maria nahm´s nicht weiter tragisch, da die Miriam jetzt ein ganzes Jahr lang daheim bleiben darf.

Interessiert erkundigte sich Rehlein nach dem Schulreifetest, und Mutti Maria erzählte, daß man der kleinen Miriam vier Kugeln in die Hand gab, und dann noch drei weitere auf den Tisch legte und frug: „Welches ist weniger?" Doch die Miriam machte es falsch, dieweil sie so aufgeregt war.

Dann sollte sie einen Menschen malen, und wenn 18 Merkmale gestimmt hätten, wäre das kleine Fräulein schulreif gewesen. Doch es vergaß in seiner Aufregung den Mund.

Wir zogen uns ins Musikzimmer zurück, um die Bratschenstunde abzuhalten, doch jetzt störte die kleine Miriam den Unterricht die ganze Zeit. Sie bepatschte Rehleins Gemälde auf der Staffelei, und hie und da klimperte sie am Klavier. Ich klappte den Klavierdeckel zu, und setzte mich unverrückbar drauf.

Die Maria spielte heut den ersten Satz einer Gamben-Sonate von Bach, und ich versuchte, der

Darbietung Sogkraft und höchste Meisterschaft einzuhauchen. Auf dem Klavierdeckel sitzend sang und wedelt ich gestisch herum, bestrebt durch passende Worte Geschmeidigkeit in die leicht hölzern klingenden Phrasen hinein zu zaubern.

Doch dann geschah etwas, mit dem man nie und nimmer gerechnet hatte: Die kleine Miriam, die schon eine ganze Weile lang Ruhe gegeben hatte, so daß man sie bereits fast vergessen hatte, rief aus: „Schau mal Mami! Ein Mensch ohne Mund!" und hatte einfach auf jener kunstvollen Zeichnung vom Friedel, auf der Rehlein wie eine Adelige ausschaut, den Mund hinwegradiert. Ich war fassungslos, und konnte mich gar nicht mehr gescheit auf den Unterricht konzentrieren.

Später beichtete die Maria Rehlein diesen entsetzlichen Kunstfrevel, doch statt in das befürchtete Wehklagen auszubrechen, nahm Rehlein es überraschenderweise mit Humor.

Buz sei am Telefon so fröhlich gewesen, da er gestern in Freiburg ein Ehepaar besucht habe, mit dem er Rehleins Geburtstag gefeiert hat, obwohl die beiden Rehlein doch gar nicht kennen.

Ich nahm mir vor, so lange Diät zu halten, bis jemand zu mir sagt: „Duu bist aber dünn geworden!"

Und außerdem mußte ich fürchten, daß ich jetzt womöglich auch noch wetterfühlig werde, da mir das häßliche Küstenwetter schlechte Laune bereitete, und früher fühlte ich mich in jeder Wetterlage froh.

Wieder galt´s, mich meiner Karriere zu widmen:

Ich setzte ein Fax an Frau Steinfels in Teningen auf, schlug einen heiteren, sehr vertraulichen Tonfall an, und schrieb gar, daß ich deswegen so gerne herumreise, weil man sich so nütz und tätig dabei vorkäme.

Dann schrieb ich eine Mail an Herrn Heinrich in Halberstadt, und in meiner Fantasie ist Herr Heinrich, dessen Mails immer etwas knapp klingen, äußerst empfindlich, und tendiert dazu, so manches als kränkende Ironie aufzufassen.

Bald darauf gab´s Mittagessen: Zwirbelnudeln mit Zucchini.

Im ZDF-Mittagsmagazin wurde einem verdeutlicht, daß das Leben auf Erden zur Zeit ziemlich verdorben und unschön ist:

In Hongkong und verschiedenen anderen Orten droht eine Epidemie mit der Lungenkrankheit SARS, so daß die Chinareise von Ming und Buz auf wackeligen Beinen steht?

Wie ein Wirbelwind löffelt Ming seine Mahlzeiten zügig hinab, und dann dröhnt auch schon wieder der Flügel auf.

Mitten in die Klangkaskaden hinein, ereilte uns ein Anruf aus Taiwan: Der Franz, ein Jünger Buzens, der sehr um die Gesundheit seiner Lieben besorgt ist. Rehlein mußte ihm versprechen, daß Buz und Ming nicht nach China reisen, denn dies sei eine Reise ins sichere Verderben. Der Franz selber ist sehr vorsichtig, und läuft nicht mehr ohne Mundschutz herum. Doch auch darüber hinaus gefällt ihm das Leben in Taiwan nicht so besonders, (zu warm und zu laut) und er wäre lieber hier bei uns!

Abends verzierte ich Rehleins Torte mit Marillenmarmelade, Pistazien und Mandeln, und dem süßesten Rehlein gefiel die Torte so sehr, daß man sie gar nicht anschneiden mochte, um den Anblick noch weiter zu genießen.

Donnerstag, 3. April

Z.T. grau und trostlos, doch abends schön frisch

Mit dem Weckerschrill am Morgen, bevor der Tag sich überhaupt gescheit entrollt hatte, wurde ich einem Nest des Behagens entrissen, in das ich mich so gerne wieder hineingeschmiegt hätte.

Um Punkt zehn begann ich nach Sekretärinnenart mit meiner Karrieretätigkeit.

Ich telefonierte mit Christoph Merken, einem von einer Sekretärin in Braunschweig empfohlenen Herrn aus Schönberg, der sehr langfristig plane.

Anhand seines Namens hatte ich einen etwas kümmerlichen dünnen Kantor mit Balkenbärtchen assoziiert, und jetzt war ich überrascht, daß es sich um einen humorigen älteren Herrn handelte, der mir auch keine große Hoffnung machte, auch wenn er mir erlaubt hat, ihm etwas zu zuschicken.

„Aber bitte nicht mit Auflistungen irgendwelcher Meisterkurse!" sagte er griffig.

Das gefiel mir, und so sparte ich mir bei dieser Wurfsendung auch die Kritiken, und färbte meinen Brief sehr persönlich ein, indem ich schrieb, daß man eine CD nur eine Minute lang anhören müsse, und wenn sie einem nach Ablauf dieser Minute nicht gefällt, so könne man sie jemandem schenken, den man nicht so mag.

Einmal betrat Ming das Zimmer, und bebusselte mich zu Begrüßungszwecken sehr nett, mitten in mein Telefonat mit einer Dame aus Bad Mergentheim hinein.

Zum Mittagessen lief wie alle Tage der Televisor, und wir erfuhren, daß die Amerikaner jetzt genauso weit von Bagdad entfernt sind, wie wir von Bagband!* Nämlich 15 Kilometer.

Einem kleinen Ort mit einer hohen und spitzen Kirchturmzipfelmütze mitten in Ostfriesland

Ming wollte wissen, wie mir der kommentierende Herr wohl gefällt, und was er wohl für eine Wellenlänge auf mich ausströme?

„Säße ich hier mit ihm allein zu Tisch, so würde sich wohl Verlegenheit auftun," sagte ich, obwohl man das doch so, wenn das Bildschirmglas dazwischen ist, überhaupt nicht sagen kann, da man einander ja erst beschnuppert haben muß, wie im GEO einst zu lesen stand.

Bald schon ging´s auf 15 Uhr zu, und ich mußte mich zum Außendienst aufsatteln.

„Mein Chef kennt da keine Gnade!" solches und dererlei sage ich immer wieder zu Rehlein, um mich in meiner Scheinwelt, *das Leben einer Spitzensekretärin zu führen*, noch sicherer zu fühlen.

Kleine Erinnerung aus unserer Kindheit:

Übten wir nicht genug, so drohte uns Buz zuweilen schelmisch damit, ich würde als Sekretärin, und Ming als Dachdecker enden.

Und genau so kam´s....

Zuerst besuchte ich die Post, und wurde ausgerechnet von jener schnittlauchlockigen Dame bedient, von der ich vielleicht nicht so gern bedient werde, da sie mich mal wie ein dummes Schulmädchen dazu verdonnert hat, meine Marken gefälligst selber aufzukleben – hierfür würde sie nicht bezahlt!

Ich gehe ihr auf die Nerven, weil ich immer solch ein Getue um meine Briefmarken mache. Ist ein bedeutsamer graumelierter und bebrillter Herr drauf abgebildet, frage ich, ob der wohl klug war, oder nicht – und so was weiß sie als simple Post-bedienstete doch meist gar nicht.

„Der wird woul gut gewesen sein. Denn sou leicht schafft man es auch nicht auf eine Briefmarke!" sagt sie dann rasch, während die Schlange hinter mir immer länger wird.

Doch heute war sie ganz nett, da ich zu den zehn wunderschönen Sondermarken noch fünf ganz häßliche bestellt hab – solcherart, als habe ich vielleicht fünf Schmähbriefe geschrieben. Doch ich brauchte eigentlich nur *eine* häßliche für das Finanzamt, für das mir eine schöne Marke zu schade ist, weil die immer so beamtlich und betont unpersönlich schreiben.

Hernach kopierte ich meine Kritiken in der „Ostfriesischen Landschaft", und traf bei dieser Gelegenheit auf Frau v. d. Nahmer, über die ich ja schon nachgedacht hatte. Eine Frau, die an eine durch´s Leben schwebende gute Fee erinnert, so daß man stets von einer kurzen Freude bewegt wird, wenn man ihr begegnet. Doch ich frug mich, ob unsere Freundschaft wohl bald bröckelt?

Frau v.d. Nahmer verträgt sich nicht mit Buzens Spezi Dirk, und wird heuer beim „Musikalischen Sommer" gar nicht mitmachen. Und doch lud sie mich ein, sie besuchen zu kommen. Ich lud sie im Gegenzuge gar zum Kuchenessen ein, so daß sich das Bröckeln der Freundschaft* nochmals aufschieben ließ.

Nachtrag 2022:

Mittlerweile ins Nichts zerbröselt, und vom Winde der Vergänglichkeit hinfortgetragen

Daheim hatte mir Herr Heinrich aus Halberstadt, dem ich gestern so ein freundliches Nachhakmail geschickt hatte, das die Frage umrankte, ob mein Schreiben wohl angekommen sei, eine Antwort geschickt. Doch die Knappheit des Briefes machte mich betroffen: „Ist angekommen Ch. Heinrich", stand da eilig und in höchst knapper Wortwahl zu lesen, so daß ich nun darüber nachgrübeln mußte, was einen Herrn wohl dazu bewegen könnte, sich einer Dame gegenüber derart zugeknöpft zu geben, zumal ich mir doch so viel Mühe gegeben hatte, einen wirklich netten Brief zu schreiben.

Jetzt hätte ich auf Art Rehleins theoretisch einen Früchtebrotbrief hinmailen können, von welchem der gefühlsverhaltene und frauenverdrossene Herr Heinrich ganz unruhig geworden wäre:

Lieber Herr Heinrich!

Ihr so knapper Brief hat mich zutiefst gekränkt, und meine sensiblen Gefühle empfindlich verletzt! So viel Mühe habe ich mir gemacht, Ihnen warm und auch ein bißchen humorvoll zu schreiben, und Sie hätten sich doch denken können, daß ich mit diesem Brief bezweckt habe, etwas Konkretes von Ihnen zu hören. Stattdessen belässt mich Ihr Schreiben in jener unbefriedigenden Unschläue, in der ich bereits zuvor stak.

Doch hätte ich den abgeschickt, so hätte ich gedanklich noch intensiver daran herumnagen müssen.

Vielleicht hätte mich beim abendlichen Lesen im Schaukelstuhl der Gedanke angeweht, es gäbe etwas, das Herr Heinrich auf den Tod nicht ausstehen könne: Geschwätzigkeit, oder die Neigung, aus Mücken Elefanten zu machen.

Während der Radelei in den Fitnessklub malte ich mir genüßlich aus, wie sich zwischen Herrn Heinrich und mir eine schleichende E-Mail-Feindschaft anbahnt.

Zum Schluß schreibe ich nur noch weinerlich auf schwäbisch: „Beschtie!" Bestie!

Dann wiederum schreibe ich schon am nächsten Tag versöhnlich: „Lieber Herr Heinrich! Wollen wir uns nicht wieder vertragen?"

Und dabei kennt Herr Heinrich mich doch gar nicht, und möchte eigentlich nur seine Ruhe haben.

Abends kam Herr Berke zu Besuch. Er saß behäbig auf dem Sofa und unterhielt Rehlein mit Altherrenjovialitessen, aber auch Politischem.

Unter anderem. sprach er davon, daß die Städte jetzt alle ausbluten. Heute hat schon mal „Illing" seinen Laden dicht gemacht, und in ganz Aurich gibt es somit keinen Schallplattenladen mehr. Nach und nach werden all die schönen Geschäfte in Dönerbuden oder China-Schnell-Imbisse umgewandelt.

Ich fand, daß Herr Berke ziemlich dick geworden ist.

Freitag, 4. April

Grau, windig und kalt

Rehlein und ich schauten uns einen Streit-um-III Fall an:

Ein Herr war in seine eigene Unverfrorenheit regelrecht verstrickt. Er wollte seinen Freund auf 1500 €uro Schmerzensgeld verklagen, in dessen Badezimmer er sich einen Stromschlag geholt habe. Er hatte 14 Tage lang im Haus des Freundes gelebt, und auch noch für insgesamt 456 €uro in Mexiko angerufen.

Nach einer Weile kam Ming, um letzte Reisevorbereitungen zu treffen. Ming plante eine Reise über Grebenstein, um die Omi zu besuchen.

Seitdem die Omi neunzig Jahre alt ist, macht es viel mehr Freude sie zu besuchen, dieweil sich eine späte Zufriedenheit eingestellt hat. Man ist keine achtzig mehr, aber was soll´s??! Mittlerweile glauben wir alle, daß die Omi heut in einem Jahr immer noch bei uns ist, und haben uns mit diesem Gedanken befreundet.

Auch ich bin der Meinung, daß es besser so ist, wie es ist, denn sonst könne man sie ja nur noch mit der Gießkanne besuchen.

Mit frischem Omisitt-Elan befüllt setzte ich auch Omis Zugehfrau, Frau Wies darüber in Kenntnis, daß ich den ganzen April über stramm-Gewehr-bei-Fuß zu Diensten stünde.

„Du bist ja ´n Schatz!" rief Frau Wies erfreut aus.

Ich erfuhr, daß Frau Butterweck verstorben sei, und vor zwei Tagen bereits beerdigt wurde, und daß die früh Verschrumpelte, deren Vater immerhin 105 Jahre alt geworden ist, erst 71 Jahre alt war!

Zur Mittagsstund´ galt´s Abschied von Ming und Julchen zu nehmen, und da man sich nicht sofort an die Leere in der Wohnung gewöhnen kann, wenn ein Gast entwichen ist, radelte Rehlein erstmal auf den Markt, um wenig später, bepackt mit verheißungs-vollen Einkäufen, wieder zurückzukehren.

Bald darauf aßen wir zu Mittag:

Es gab einen köstlichen Kabeljau, eine große Kartoffel, sowie Rapunzelsalat.

In „Hallo Deutschland" erfuhren wir, daß der Mord an der 15-jährigen Petra aus Bad Hersfeld nach 27 Jahren aufgeklärt werden konnte:

Ein heute 45-jähriger Herr aus Kassel war´s.

Er, der die Tat doch für sich abgehakt hatte, um besser nach vorne blicken zu können, wurde somit plötzlich und unerwartet seinem eingesessenen Leben entrupft, und in den Knast gesteckt.

„Wenn ich könnte, so würde ich mein Leben dafür geben, die Tat ungeschehen zu machen!" nützte er pathetische Worte, um sich vor Gericht in ein edles Licht zu rücken.

Am Nachmittag besuchte ich das Zentral-Café, aber ich freute mich nicht so sehr darüber, daß heut schon wieder die plonnerhaft Putzfrauenhafte die Oberaufsicht hatte.

Grimmig befand ich, daß sie den Job nicht gut ausführe, weil sie die Kundschaft so überdeutlich spüren lässt, wie sehr sie von dieser Arbeit geödet ist, und so versetzte ich mich in die genervte Frau hinein, die sich in einem Becken an übersprudelndem Müßiggang bewegt. Der ganze Raum ist mit purer Zeitvertrödelung imprägniert, und vor der Türe stehen so viele unsichtbare Säcke mit Ärger und Sorgen, die man während des Caféhausbehagens draußen stehen lassen möchte, daß die Bedienerin Angst haben muß, zu stolpern, mitten in die fremden Sorgen hineinzustürzen, und sich den Knöchel zu brechen.

Im Combi traf ich die Maria.

Wir standen im Gang bei den Likören, und bekamen beide eine ungeheure Loggoröh, weil wir uns gegenseitig in großen Erzählschwung zu versetzen pflegen.

Man entdeckt immer mehr Gemeinsamkeiten: Eine davon ist, daß wir beide einen Onkel Eberhard haben.

Die Maria erzählte von ihrem Onkel Eberhard, der mit der ganzen Familie aus Tiefste verfeindet ist.

Wenn ihre Mutti beispielsweise auf Familienfeiern sagt: „Jetzt muß ich Eberhard doch wenigstens begrüßen!" dann sagt der Eberhard bloß: „Es gibt nichts, aber auch gar nichts, was wir zu bereden hätten! Spare dir deine Begrüßung, Gabriele!"

Schreibt man ihm einen Brief, so kommt der Brief ungeöffnet und kommentarlos wieder zurück.

Daheim telefonierte Rehlein sehr lebhaft mit der Omi, und die Omi erzählte wieder ihre lustige Geschichte vom Herrn Todchen, und den einigen drei Tagen, die man nach dem Verfallsdatum doch noch gern auf Erden verweilen würde.

Man möchte einfach erfahren, wie es weitergeht, so Omi.

Abends gingen Rehlein und ich spazieren und kamen am Hause der Waders vorbei.

Mutti Johanna bewunk uns aus dem Küchenfenster, und widmete ihr Gewinke in ein Herbeigewinke um. Die Waders freuen sich immer sehr, wenn wir kommen, aber vielleicht ist´s der rustikalen Johanna auch ein wenig arg, daß Rehlein immer so komplizierte Abwimmelungsworte macht?

Rehlein sagt Dinge wie: „Wir wollten eigentlich gar nicht stören!" oder „Um Himmels Willen, danke! Wir wollen nichts trinken!"

Worte dieser Art macht Rehlein am laufenden Band. Falsch verstandene Höflichkeit, wie die Johanna denkt.

Als wir uns dann aber doch in der Sitzecke niedergelassen hatten, bereute ich es selber leicht, hierhergekommen zu sein, denn man wird mit anstrengenden Allerweltssätzen eingedeckt: „Wie laufen die Vorbereitungen für den „Musikalischen Sommer""?

Dann wurde es aber doch ganz nett.

Es gab einen Roibuschtee, und Mutti Johanna tischte Oblaten und unzählige Mozarttaler auf, so als seien wir Vielfräße.

Wir sprachen über Intelligenztests, und spaßten darüber. Ich scherzte, daß Buz im Vorwort liest, daß Werte zwischen 90 und 110 auf eine gute, so jedoch keinesfalls außergewöhnliche Intelligenz schließen lassen. Doch er kommt immer nur auf einen IQ von 89, was dem Intelligenzgrad eines hochintelligenten Bonobo entsprechen dürfte. Dann macht er den Test erneut, kommt jedoch bloß auf 88!

Samstag, 5. April

Düstere graue Wolken,
die allerdings oft umeinandergepustet wurden,
so daß sich ständig
neue interessante Himmelsgemälde ergaben

Beim Frühstück schwenkte Rehlein die Rede darauf, daß man im Leben Ziele bräuche, denen man sich entgegenbewegt.
Leider büffelt Rehlein ganz ziellos chinesisch, und hängt schon seit Tagen in der dritten Lektion herum.

Als ich später bei „Buch Lübben" einkaufte, sah ich, daß eine Frau ganz viele Schulsachen kaufte: Beispielsweise ein kleines Blechköfferchen mit einem possierlichen Hasen drauf.
Und hier an dieser Stelle ging mir dahingehend ein Lichtlein auf, daß dies genau *das* ist, was Rehlein und mir fehlt: In die Schule zu gehen und Ziele zu haben: z.B. gute Noten zu schreiben und Freundschaften zu knüpfen.
Naja, jetzt zappelte in meiner Tasche wenigstens ein nagelneues Buch, so daß ich eine Freude nachhause trug.

Daheim sagte das süßeste Rehlein, das heut auf der absoluten A-Seite blühte so nett: „Was darf ich meinem Schätzlein heut Schönes kochen?"
Doch was immer Rehlein auch anrührt, es schmeckt alles so köstlich, wie von Zwerg Nase

zubereitet, da Rehlein in dieser Hinsicht über magische Fähigkeiten verfügt.

Nachmittags geschah zweierlei, das mich seelisch aus dem Lot hebelte:

Erstens rief Buz aus Grebenstein an, und man spürte so überdeutlich, wie er sich im Netz des Seniorensittens unwohl und gefangen fühlte. Dies hinzu in einer abscheulich trübgrauen Wetterlege (kalter Sprenkelregen), wie er berichtete.

„Du hast der Oma gesagt, ich bliebe die ganze Woche!" sagte Buz zwar höflich, aber durchaus auch ein bißchen maulig.

Buz tat so, als wäre es geradezu unerhört vonnöten, daß er zum Wohle des Musikalischen Sommers dringlichst nach Aurich zurückkehren müsse, und dabei sitzt Buz hier doch meist nur vor dem Bildschirm, telefoniert, oder macht Fingeraufklappübungen auf der Violine.

Etwas, das man in Grebenstein doch ebenso gut machen könnte!

Ferner hatte Herr Müller ein Fax mit dem Plakatentwurf für das Konzert in Lingen geschickt, und es waren die Eintrittspreise, die mich ein bißchen in die Tiefe zogen: Fünf bzw. drei €uro – weniger als ein Eisbecher! Ansonsten fand ich es aber sehr nett, daß der gebürtige Schwabe Herr Müller in seinem Brief: „Guts Nächtle!" geschrieben hat. (Leicht an Rehlein erinnernd)

Nein! Voll und ganz an Rehlein erinnernd, denn Rehlein schreibt dies zuweilen wörtlich auch.

Sonntag, 6. April

Z.T. geradezu unglaublich schönes Wetter.
Unsere Welt war in einen eher dunkel getönten
überirdischen Glanz gehüllt.
Wie auf einem Bild in unserem Bildband aus Kanada

Heute träumte ich, *daß die Omi Mobbl, die schon mal irrtümlich beerdigt, jetzt aber wieder bei uns war, vor zirka einer Woche verschwand! Sie verschwand an einem Vormittag in einem Zeitrahmen von fünf Minuten, kurz vor dem Mittagessen.*

Die Schiebetüre, die in den sonnigen Blumengarten hinausführte, war offen, und dort hinaus schien Mobbl entwichen.

Für uns Hinterbliebene war es einfach nicht zu fassen, obwohl wir im Grunde doch schon erprobt darin gewesen sein müssten, wie es wäre, wenn Mobbl verstorben ist.

Nun war eine Woche verstrichen.

Ming und ich saßen am Rande eines Schwimmbeckens mit grünlichem Wasser und einem 5-Meter Brett, von dem man höchst akrobatisch verzwirbelt in die Tiefe zu springen pflegte.

Noch hatten wir ein bißchen Hoffnung, die Mobbi sei vielleicht zur Irene gezogen?

Im CD-Spieler fand sich eine CD von uns Kindern, die Mobbl eigentlich ihrem alten Freund Heinz-Werner Zimmermann schicken wollte. Und nun hatte Mobbl offenbar die leere CD-Hülle losgeschickt?

Als dann der Heinz-Werner Zimmermann geschrieben, und verwundert nach der CD gefragt hatte, ist Mobbl einfach gegangen, weil sie sich schon im Voraus beleidigt gefühlt hatte, daß Rehlein und Opa sich vielleicht gleich über sie lustig machen?

Im wahren Leben hatte Buz aus Grebenstein angerufen, und Rehlein zum Hochzeitstag gratuliert, den Rehlein wiederum völlig vergessen hatte. Rehlein war gerührt.

Jetzt saßen wir beim Frühstück, und hatten uns eigentlich gar nichts Besonderes zu erzählen.

„Wir müssen uns mal wieder hochgeistig unterhalten. Nie unterhalten wir uns mal hochgeistig!" sagte ich.

„Ja, das fehlt mir auch sehr!" antwortete Rehlein leicht seufzend.

Doch wenn man sich so gegenübersitzt, weiß man plötzlich gar nicht mehr, was man Hochgeistiges sagen soll?

Und so las mir Rehlein einen Artikel aus der Wochenzeitung vor:

Ein Herr schrieb davon, wie seine Oma früher an *einem* Tag in der Woche von Aurich nach Leer zu laufen pflegte, um Einkäufe zu erledigen:

Vor Morgengrauen lief sie los, verschwand hinter dem Horizont, und kehrte am frühen Abend zurück, und die Kinder freuten sich so, dieweil sie denen aus der Weltstadt immer etwas Schönes mitbrachte. Sei es eine Brezen, ein Krapfen mit Flüssigmarmelade oder ein Spielzeug.

Draußen herrschte mittlerweile ein atemberaubendes, geradezu nordamerikanisches Wetter.

Nach dem Frühstück sattelte sich Rehlein mit ihrem roten Stirnband zurecht, um das Raubein Bodo Otloff zu besuchen.

Das umsichtige Rehlein nahm sogar extra einen Zettel und einen Stift mit, um dem Bodo eine Nachricht zu hinterlassen, falls sie ihn nicht anträfe.

Ich erzählte Rehlein das, was Frau Saathoff mir erzählt hatte:

Herrn Otloffs neue Flamme Lotte habe erst vor kurzem einer Freundin am Telefon erzählt - und dies habe Frau Saathoff über den Gartenzaun hinweg eigenohrig gehört - : „Seit ich diesen Otloff los bin, geht´s mir richtig gut!"

Und somit mußte ich ein bißchen bangen, der Otloff würde sich jetzt Rehlein greifen?

Rehlein kehrt zurück, und ist plötzlich ein total veränderter Mensch? Sie färbt sich das Haupthaar, und ist fast immer aushäusig und geistesabwesend...?

Frühlingsgefühle gibt's auch im Hause gegenüber zu „bejubeln":

Interessiert beobachte ich, wie die Ina, ein wunderhübsches junges Fräulein, und Tochter des „Herrn Bildschirmschoners"* zu einem blasiert wirkenden Beau in dessen silbernen BMW stieg.

*Einem Herrn, der beständig in meinem Blickfeld agiert, während ich auf meiner Violine übe, so daß ich ihn als „Bildschirmschoner" empfinde.

Augenblicklich versetzte ich als Geigende mich in den Bildschirmschoner hinein, und frug mich äußerst anteilnehmend, wie er, der so emsig im Garten arbeitete, sich nun wohl fühle?

Stellvertretend für ihn packte mich ein leises Elendsgefühl. Jetzt war man so froh, daß diese eine Geschichte mit dem Exfreund vorbei war, und schon geht die nächste los.

Das süßeste Rehlein arbeitete unermüdlich an ihrem Läptop, und nach einer Weile hatte Rehlein schon eine ganze Seite von einem Jahresrückblicksbrief im Früchtebrotstil verfasst.

Rehlein war so süß verunsichert, daß er vielleicht blöd sei, und meinte so entwaffnend, daß man nur *eine* Taste zu drücken bräuche…ich aber fand Rehleins Brief köstlich amüsant.

Rehlein ist derohalben so verunsichert, weil ihr die belehrend veranlagte Tante Bea in Amerika gerne zu verstehen gibt, daß ihre Briefe viel zu lang seien.

Die Bea geizt mit ihrer Zeit und sähe es lieber, wenn Rehlein zu Weihnachten:

„Merry christmas and a happy new year!" schrübe, so wie das alle machen. Dann wäre Rehlein nämlich auch zeitig fertig geworden mit ihrer Weihnachtspost!

Historische Erinnerung aus Japan um 1975

Buz wurde von seinen dankbaren Schülern mit „Merry christmas and a happy new year" Karten regelrecht überschüttet.

Aber Buz war gar nicht zuhause. Er war nach Europa gereist, um mit seinem Spezi und Nachbarn Paul Dan (einem Konzertpianisten mit der zierenden Krönchenfrisur des Zwergpudels von Frau Neckermann) einige Konzerte in europäischen Metropolen zu geben.

(London, Berlin und Wien)

Eines Tages fand Rehlein einen verheißungsvollen Brief im Briefkasten, worin mitgeteilt wurde, daß ein geheimnisvolles Schreiben nicht zugestellt werden könne, da der Absender vergessen habe, es mit einer Marke zu bepappen. Rehlein möge sich bitte unverzüglich auf die Hauptpost in Tokyo begeben, um das Schreiben in Empfang zu nehmen.

Das süßeste Rehlein war so gespannt und erfreut!

„Das kann nur mein Wölflein gewesen sein!" dachte Rehlein angesichts der fehlenden Marke amüsiert, und eilte sogleich mit einem gutgefüllten Börsel los.

Das Dalton-Syndrom* eilte mit, und was Rehlein auf diesem meilenweiten Wege alles widerfuhr, würde nochmals Stoff für den nächsten Roman, oder zumindest ein lustiges Pixibuch bieten.

Kurz und gut:

Nach gefühlten Stunden in der langen Schlange der überfüllten Post wurde Rehlein eine kitschige Karte mit der Botschaft: „A merry christmas and a happy new Year" überreicht.

*Dies scheint Rehleins Los zu sein?

Durch ungewöhnliche Launen und Verknüpfungen des Schicksals beständig vom Wege zum Ziel hinweggepustet zu werden.

(Benannt nach einem sehr umständlichen Herrn aus Australien mit Namen Dalton, der ebenfalls am Dalton-Syndrom litt.)

Bevor ich losradelte fiel mir ein albernes kleines Wortspiel ein:

Ich befolgte eines Pfarr´ Rat

Und kaufte mir ein Fahrrad

Dann radelte ich zur „Tante Olli", einer kleinen Spelunke neben der Tankstelle am Wegesrand.

An einem Tisch saß ein Pulk junger Leute, in Tabakqualm eingehüllt, und so setzte ich mich in den angrenzenden Verkaufsraum auf jenen hohen Barhocker, auf dem ich mich bereits voraus assoziiert hatte.

Es fühlte sich eigentümlich an: Ich sitze hier – hänge meine Sorgen an der Türklinke ab, und kein Mensch auf der Welt weiß wo ich bin? Die wenigen, die es wissen könnten, nehmen mich nicht wahr.

Mir war zumute, als sei ich unsichtbar.

Am Nachmittag kehrte Buz aus Grebenstein zurück.

Gemeinsam schauten wir uns den „Weltspiegel" an, der heute sein 40. Jubiläum feierte, und ich erklärte Buzen, daß man damals vor vierzig Jahren noch davon ausgegangen sei, daß die Welt eine Scheibe ist, so daß der ganze Vorspann anders gestaltet war.

Am Abend lief ich mit meinen lieben Eltern durch eine frische Abendbrise Richtung Kanal.

(Ein kleiner Zerstreuungsspaziergang).

„Spazifiziergang!" scherzt Buz auf professoraler Ebene seit Jahr und Tag.

Rehlein berichtete von einer wunderschönen Villa, die freigeworden sei. Es wäre ihr Traum, demnächst mit uns dort hinzuziehen, um ein neues Leben zu beginnen.

Montag, 7. April

Meist wunderschön.
Fast schon einen Violettstich im Sonnenschein.
Imposante Wolkenbildungen

Ich erhebe mich derzeit früh, und hänge eine Weile lang bei der Tante Olli ab, da ich mir statt eines Feierabends doch lieber einen Feier*morgen* gönne, denn je weiter der Tag fortschreitet, desto tüchtiger werde ich, und zu später Stund am Abend, wenn sich der Normbürger vor dem Televisor relaxiert, erreicht meine Tüchtigkeit ihren Zenit.

Ein bißchen ist es so, daß ich im Geiste heimlich Omis Leben von vor 49 Jahren führe.

In der „Tante Olli" fühle ich mich *wie in einem Bahnhofsbistro, wo man sich früh am Morgen von den Mühen und Ärgernissen, die der Tag für einen bereithält, vorerholt, bevor einen der Frühzug nach Kassel saugt, wo man alsbald in der Anonymität der Großstadt versickert, und vorerst verschwunden bleibt.*

Niemand weiß, was aus einem geworden ist.

Ich bestelle mir eine Tasse Kaffee und lese die Zeitungen, die in eleganten Zeitungshaltern aus lackiertem hellen Holz für die Interessierten wie mich an der Wand hängen.

Franz-Josef Wagner von der Bildzeitung richtete sein täglich Wort heut an Kanzler Schröder, und ließ seinen Unmut darüber durch die Zeilen schimmern, daß Deutschland im Kriege nicht mit dabei ist.

Er glaube kaum, daß der Schröder heut in Amerika mit Lichtfontänen empfangen würde, wie einst sein

Vorgänger Adenauer, und trauert der vormals so innigen, und heut verdorbenen Freundschaft zum großen Bruder Amerika hinterher.

Dann las ich einen Artikel darüber, was Frauen alles für ihren Liebsten aufgeben würden:

Am ungernsten würden sie ihre beste Freundin für ihn aufgeben.

Ganz hoch jedoch im Kurse steht, für ihn die Stadt (den Standort) zu wechseln, und 53% würden ihm zuliebe mit den Eltern brechen.

Nicht sehr gern würden sie ihre Religion wechseln, und eine Niere würden bloß mehr 8% für ihn spenden.

„Wenn ich erst etwas schlanker, und darüber hinaus zu Geld gekommen bin, dann könnte ich mir auch noch ein kleines Croissant hinzubestellen!" dachte ich über den Dampf des Kaffees hinweg, der mir soeben von einer abgearbeiteten Hand serviert wurde, „und wenn ich dann *noch* schlanker bin, so könnte ich mir sogar ein Schokocroissant gönnen!"

Daheim telefonierte ich mit Herrn Hörtnagel, dem weltberühmten Impressario aus München.

Ich erwischte ihn direkt am heißen Draht, und trug mein Anliegen vor: Daß ich ein Spitzenmanagement suche.

„Was haben Sie die ganzen Jahre über gemacht?" frug Herr Hörtnagel streng und „ahnend" im Tonfall.

(Ich schreibe einfach „ahnend", obwohl ich streng genommen keine Ahnung habe, was er geahnt haben könnte?)

Natürlich erwartet man hier an dieser Stelle ein Buchstabenfeuerwerk solcherart, daß man weltweit mit renommierten Dirigenten gearbeitet, bei internationalen Festivals aufgetreten sei und vieles mehr – doch Aufzählungen dieser Art machen mich so müde. Heißt es nicht immer, man solle „nach vorne blicken?" Wäre es nicht gescheiter gewesen zu fragen: „Was haben Sie mit dem Rest des Lebens vor?"

Dann brüstete er sich damit, zwei Geigerinnen groß herausgebracht zu haben: Julia Fischer und Arabella Steinbacher, und betonte, daß er nur daran interessiert sei, jemanden in Echtzeit im Konzert zu erleben. Eine CD sage überhaupt gar nichts aus. Da könne man manipulieren wie man wolle. Na, ich solle ihm mal etwas schicken, und ihn informieren, wenn ich ein Konzert in München gebe.

Also bastelte und feilte ich an einem Brief. Doch ich konnte Buchstaben auftürmen wie ich wollte – für meinen Geschmack klang alles zu forsch und zugreifend: „Sie dürfen sicher sein, daß ich Sie nicht damit behelligen würde, wenn ich für´s Konzertieren gänzlich untauglich wäre. Aber ich möchte jetzt keinen großen Wortwirbel drum veranstalten…"

Rehlein & Buz gefiel mein Brief, und Buz nahm in gar als Motivation, zur Mittagsstund´ in meinen Kritiken regelrecht zu *baden*, um vielleicht eine *noch Bessere* herauszusuchen.

Abends duftete es bereits so köstlich, und süßeste Rehlein trommelte zum Abendessen. Nudeln mit Möhren und Soja-Gulasch. Hm, dies mundete!

In unserem Eßzimmer steht ein gerahmtes Foto von der jungen Frau Lüvers, und ich rief aus: „Ich freu mich jedes Mal, wenn ich Frau Lüvers sehe!"

Daneben steht ein Sträußlein mit frischen Blumen.

Dienstag, 8. April

Meist sonnig.
Nachmittags durchglühte die Sonne gar
mein kleines Büro

Wieder erhob ich mich am Morgen zu einer Hinwegradelung. Das Wetter - leicht verfröstelt und mit einer Rauhreifschicht überzogen - war zwar schön, wenngleich es nicht so leuchtete wie gestern.

Wieder besuchte ich die „Tante Olli" um einen Feiermorgen abzuhalten.

Die schwarznudellockige und üppige Thekendame sah mich nunmehr zum zweiten Mal in Folge auf dem langen schlanken Barhocker sitzen, so daß in ihr bereits der erste Verdacht keimte, dies sei nur der Anfang eines jahrelangen Lebens als Stammgast.

Wieder entfaltete ich die BILD mit ihren Schauergeschichten:

Franz-Josef Wagner hatte dem Kanzler, wenn natürlich nicht ohne Zwischentöne, zu seinem gestrigen 59. Geburtstag gratuliert.

Er wünschte, daß so manch ein anderer 59-Jähriger seinen Geburtstag ebenso so satt(uriert) und wohlgenährt feiern könne, und seine Sorgen bzgl. Künftjem nicht in Alkohol zu ertränken bräuche.

Mittags brachen Rehlein und Buz auf, um die von Rehlein so besungene Villa zu besichtigen, die sich in der Nähe vom China Lokal befindet.

Natürlich würde auch ich mich über eine schöne Villa freuen, wo wir ganz von vorne beginnen könnten.

Doch eine gravierende Sache spricht gegen einen Umzug: Daß doch die Bärbel, wenn ihre Mutti denn demnächst mal auf eine lange, lange Reise geschickt wird, - eine Reise ohne Wiederkehr - ins derzeitige Nachbarhaus ziehen möchte, und sich doch schon auf uns als Nachbarn freut!

Die Bärbel, als künftige Nachbarin der geheimnisvollen Familie König, genießt bereits jetzt eine gewisse Aufmerksamkeit in der Bevölkerung, indem sie hie und da ein wenig aus dem Nähkästchen plaudert, so daß ihr die Ohren entgegenflattern wie Schmetterlinge an einem Sommertag.

Mittwoch, 9. April

Zu Beginn schön sonnig.
Abends zunächst weißwölkig,
und dann sogar Pünktchengeschniesel

Heidi Abel mit ihren vergitterten Zähnen war in die Violinstunde gekommen, und am Frühstückstische sitzend erzählte Rehlein dem jungen Fräulein einen ganz und gar unglaublichen, früchtebröternen Wimmeltraum.

„Was erzählst du da gerade Empörendes?" frug ich leicht despektierlich.

Buz war von einem Telefonator hinweggesogen worden, und wir drei Damen unterhielten uns sehr verbindend über das Zahngitter, hinter dem ein ganzes Jahr lang zu verharren, die Heidi verdonnert worden war.

Da schellte es an der Tür.

Wir tippten auf Herrn Meyer als Molestanten, weil das Geschelle so forsch klang, aber es war der süße Ming, der von einer Reise aus Ostdeutschland zurückgekehrt war, und den wir schon ganz vergessen hatten.

Der süße Ming hatte Rehlein ein schönes Geschenk von der Reise mitgebracht: Acht weiße Teetassen mit einem sehr feinen, kleinen, zierlichen und künstlerisch verzierten Henkel.

Seitdem Ming die Julia hat, schaut er immer ganz ungekämmt aus, so als wolle er andere Frauen unbewußt davon abhalten, sich für ihn zu erwärmen.

Bald darauf kam Frau Schinke in die Bratschenstunde.

Ich muß gestehen, daß ich bereits beim Türöffnen darauf geschielt habe, ob sie vielleicht ein Geschenk für mich dabei hat? Und in der Tat hielt die liebe alte Haut ein Töpfchen mit einer kresseartigen Pflanze in Händen, auf dessen Oberfläche eine eiförmige Osterkerze balancierte.

Heute brachte Frau Schinke überraschend die Solosuiten von Bach an.

Etwas, das sie ihrem Mann gar nicht verraten hatte, da er vielleicht keinen Sinn dafür hätt´, zumal er meint, daß dies eher etwas für Spezialisten sei. Sie solle lieber Werke einüben, wo auch andere mitspielen dürfen.

Ich hatte das Gefühl, Frau Schinke glaubt womöglich „die Lage" sei ein Strafraum auf der Bratsche, in den man jederzeit hinaufverbannt werden könne, wenn man sich nicht anständig benimmt?

Rehlein erzählte, daß demnächst - in etwa fünf Millionen Jahren - eine längere Eiszeit auf uns warte.

Ein Thema, das mich sehr nachdenklich stimmte.

„Was aber geschieht dann mit dem Werk Beethovens?" drängte sich ein zwickender Gedanke auf.

Und dies ist nur eine von unzähligen Sorgen, die man sich darüber machen müsste.

Dann aber wärmte ich mich mit dem Gedanken an, daß durch die Eiszeit auch viele Probleme gelöst würden.

(Nicht zuletzt die Rentenfrage).

Nach dem Essen testeten wir unser Gedächtnis:

Es wurden dreißig Zahlen vorgelesen, von denen man sich ab dem Anfang so viele als möglich in der richtigen Reihenfolge merken solle.

Jemand der sich am Ende der Lesung mehr als acht Zahlen gemerkt hat, habe ein hervorragendes Gedächtnis.

Extra für Buz erlaubte ich mir einen Schabernack, indem ich nacheinander Omis, unsere und meine Trossinger Telefonnummer vorlas.

Doch dummerweise sagte Buz die Billigvorwahl auch noch auf, und somit stimmte leider nur die Null am Anfang.

Dabei wollte ich doch, daß Buz brilliert!

Ich selber hielt den Rekord, indem ich mir die elf ersten Ziffern gemerkt habe.

Am Nachmittag kam meine Schülerin Maria in die Bratschenstunde.

Die Maria erzählte, daß sie schon seit mehr als einem Jahr nicht mehr in Freiburg bei ihren Eltern zu Besuch war, da die Eltern beim letzten Besuch so unfreundlich waren, daß Marias feinfühliger Ehemann hernach gesagt habe, er hätte das Gefühl, die Eltern hätten ihre Tochter gar nicht richtig lieb?

Der 72-jährige Vater ist meist mürrisch gestimmt, und fürchtet immer sehr um seine Tagesschau um 19 Uhr.

Am Abend las ich den Jahresrückblicksbrief vor, den Rehlein so nett und eifrig für die Verwandten und Freunde in den Läptop hineingehämmert hat.

Rehlein lachte so bezaubernd, als die Rede auf den Grünspecht kam, den sie so lange gehütet hat, weil sie es plötzlich so lustig fand, daß sie lauter Banalitäten schrieb.

Man stelle sich bloß vor, was die Tante Bea dazu sagt, lachten wir, denn die Bea, im entlehnten Gewande amerikanischer Lebensführungskultur steckend, tendiert dazu, das meiste Erlebte zusammenzukehren und im Ofen zu entsorgen, um ihr kleines entrüstetes Näschen ein bißchen besser geradeaus gerichtet in die Zukunft zu richten, und nach vorne zu blicken.

Donnerstag, 10. April

Regentrübe.
Einmal sah man eine triefende,
tiefgraue Wolke am Himmelszelt

Gestern hatte mir Rehlein noch so nett geraten, auszuschlafen, doch jetzt setzte ich mich einfach über den mütterlichen Rat hinweg, und stahl mich in einer tröpfelnden Eiszapfenwetterlage aus dem Hause. Zarte Schneehauben lagen auf den Autos.

Wieder besuchte ich die Tante Olli, um als Einstieg in den Tag eine Art „Feiermorgen" abzuhalten.

Die schwarznudellockige Thekendame behandelte mich bei meinem dritten Besuch in Folge bereits wie eine avancierte Stammkundin, indem sie schon richtig riet, daß ich wohl einen Kaffee wünsche?

Heute bestellte ich deren gar zwei, dieweil ich so lange in der Zeitung herumlas.

Ich las einen Artikel über Magnus Gäfgen, einen jungen Mann, der den elfjährigen Jakob aus Frankfurt-Sachsenhausen - in unmittelbarer Nachbarschaft meiner Freundin Mireille – entführt und ermordet hat. Dies weniger aus Eigennutz, sondern aus jenem Grunde, um seine anspruchsvolle Freundin zu halten, der er allerlei glitzernden Schnickschnack in Aussicht gestellt hatte: Teure

Klamotten, Reisen, Prunk und Protz. Seit gestern jedoch steht er vor Gericht.

Beim Üben sah ich Ming mit seiner neuerdings etwas öligen und bettzerknautschten Frisur hinwegradeln, und somit fühlte sich unser Haus für mich als Übende gleich ein bißchen so an, wie „nach einem Aderlass".

Doch der süße Schatz war nur kurz aushäusig, um Brötchen zu holen.

Rehlein hatte sich grad heut gewünscht, daß jemand Brötchen holen würde, und nun war der bescheidene kleine Wunsch bereits in Erfüllung gegangen.

Beim Frühstück sprachen wir über die angeheirateten Verwandten – fremde Menschen, die von echten Verwandten aus der anonymen Masse hervorgeangelt wurden, und teilweise eine echte Bereicherung sind, auch wenn Rehlein meinte, der Jesse könne für sie eigentlich auch ein „Nachbar" sein.

Doch hier frägt sich der Hinterfragende natürlich: „Wer sollte wichtiger sein? Ein Nachbar oder ein angeheirateter Verwandter?"

„Der Nachbar als solcher wird oft völlig unterschätzt!" warf ich ein. „Es sind doch letztendlich die Nachbarn, mit denen man alt wird!"

Ming fand, daß die Christa sehr hübsch sei.

Nach einer Weile kam ein Gast mit frisch geschorenen Frisurresten am Saume seiner Glatze zu Besuch, der hier namentlich nicht erwähnt werden sollte, da ein Schreckensszenarium, das sich im Laufe des Besuchs noch ereignen sollte, ihm zu unverdienter Unehre gereichen könnte.

Gastesbedingt fiel es mir naturgemäß schwer, im vorgestanzten Zeitkorselett zu bleiben.

Trotz allem versuchte ich, für meine Karriere tätig zu sein. Buz telefonierte ununterbrochen in meiner Aura, und durch die angrenzende Türe ins Musikzimmer hörte man, wie der Gast auf Buzens Geige mit Ming am Klavier die Arpeggione-Sonate spielte. Etwas, das Rehlein leicht nervös stimmte.

Zuvor hatte der Gast in jugendlichem Schwung die Verbindungstüre zum Musikzimmer ausgerenkt, die somit bald krachend und splitternd auf den Flügel und Rehleins Bild auf der Staffelei gestürzt wäre, wenn man sich nicht so vehement und geistesgegenwärtig dazwischengeworfen hätte.

Am Nachmittag kam Frau Saathoff zu Besuch.

Man spürte, wie die 68-jährige Frau Saathoff von Kopf bis Fuß mit dem Walter-Hurst-Syndrom* durchtränkt ist, dieweil sie nämlich von ihrer bevorstehenden Beerdigung sprach:

*Der Rückblicksphase: Man hat nur noch einen einzigen Wunsch: In Heimaterde bestattet zu werden.

Benannt nach einem 79-jährigen Herrn, der nach fast 60 Jahren von Australien nach Mannheim zurückgewandert ist

Sie habe ihren Sohn Peter gebeten, seine alte Mutter in einen Teppich zu wickeln, und in einen Fluss in Schlesien zu werfen.

Hierzu lachte Frau Saathoff gackernd und vergnügt, und bloß ich saß lethargisch da, und konnte nicht gescheit mitlachen, weil mir nicht danach zumute war.

Später kam ich dann aber doch ein bißchen in Stimmung, als ich über unsere zukünftige Nachbarin Frau Priwitz jun. referieren durfte. Einer Dame, die dem Leben ein Optimum an Genuß abzutrotzen versteht, so daß man dereinst auf ihrer Parte lesen wird: „Ein reichhaltiges, erfülltes Leben ging zuende!"

Abends besuchten wir das Sing- und Tanzspiel „Simon Petrus", das eine Dame aus unserem Bekanntenkreis geschrieben hatte.

Hierfür hatte sie eine Gruppe an Schauspielern und Gauklern um sich versammelt, die nach ihrer Pfeife tanzen mussten.

Zunächst zeigten sich zwei Schauspielerinnen mit großflächigem Po, und hinter ihnen lief eine Seniorin mit einem ebenfalls ausladenden Po, die allerdings zum Publikum gehörte. Es schaute aus wie „der Aufmarsch, oder die Parade der Riesenpöter".

Freitag, 11. April

Feucht. Weiß bis gelbwölkig.
Zuweilen Sonneneingrellungen

Am Morgen erhob ich mich gern in die trübe Wetterlage hinein, da ich mir seit einer Woche einen

Besuch in der Tante Olli an den Tagesbeginn geheftet habe.

Schon ist´s zur lieben Gewohnheit geworden.

Beim Frühstück wurden wir nicht müde, über das gestrige Theaterstück „Simon Petrus" zu plaudern und zu psychologisieren.

Die Einnahmen würden ganz und gar in die Renovierung eines prächtigen Schlosses fließen, und wenn das Schloß in frischem Glanz erstrahlt, so würde die Kommune der fleißigen Schauspieler und Gaukler plötzlich aufgelöst. Zwei Damen (Mutter & Tochter) werden vornehme Schloßbesitzer, und die anderen können in die Röhre schauen.

Dann packte Ming für seine kurze Österreichreise, und fast wäre ich spontan mitgefahren.

Ich verabschiedete den süßesten Ming so intensiv, als wolle er nach Australien auswandern.

Ich beküsste ihn somit wie eine in Wehmut und Nostalgie zu ertrinken drohende Schwester, blickte dabei aber auch nach Chinesinnenart über sein Schulterblatt hinweg, und fand es schade, daß der Bildschirmschoner, der doch eben noch zu sehen gewesen war, nicht her schaute.

Liebevoll hatte ich für den reisenden Ming ein paar unterhaltsame Kassetten aus meiner Trossinger Dachkammer herausgesucht.

Eine hieß gar „Gunnar Harms & friends at concert".

Federnd begab sich Ming auf seinen schlanken Beinen noch zur Sparkasse am Ende der Graf-Enno-Straße, um ein paar Scheine für die Reise abzuzapfen, und ich hurtelte ihm hinterdrein, um den Abschied noch besser zu intensivieren.

Hernach aber mußte wohl oder übel der Alltag wieder angefacht werden. Ich loste aus. Die Eins kam dran: Haushalt.

Da jedoch mein Zimmer z.Zt. ganz ordentlich ausschaut - wenn auch wahrscheinlich nur oberflächlich, wenn man Rehlein in mir frägt - verlegte ich meine künstlich herbeigeloste Staubwedelwut in die unteren Gemächer.

In der Küche spürte ich, wie mein unbeholfenes Tassengespüle Rehlein sehr im Wege stand.

Rehlein sagte zwar nichts, doch dieses „nichts" füllte den ganzen Raum aus.

Und somit ging ich in mich, wechselte den Raum, und räumte Buzens Schreibtisch auf, der durch das viele zieharmonikaförmig gequetschte Faxpapier ganz wüst aussah.

„Wie sehr der Launenpegel mit dem Ordnungsgrade steigt, erlebe ich soeben hautnah!" rief ich dem süßesten Rehlein munter zu, und der Ausruf barg den schönen Vorsatz, dererlei in Zukunft öfters mal in Angriff zu nehmen.

Zum Mittagessen - es gab Kartoffeln und Sauerkraut - las ich uns aus einem Geigerjournal vom Heimgang Dorothy Delays* vor, die im Alter von 85 Jahren einem Krebsleiden erlag.

*Bedeutende amerikanische Violinpädagogin

Wir erfuhren, daß die engagierte Pädagogin so manches Mal bis weit nach Mitternacht unterrichtet hat, und ich fand, daß dieser Lebenslauf sehr ansprechend geschrieben war, so daß die Verblichene in den Sinnen der Leser- und Zuhörerschaft nochmals lebendig wurde.

Mittags verabschiedete Buz sich sehr warm gen Grebenstein, und somit war ich mit Rehlein wieder allein.

Rehlein und ich sind je äußerst gemütlich veranlagt, und so wollten wir ein bißchen Teetrinken, fernsehen oder plaudern.

Doch stattdessen schlitterten wir in einen zirka dreistündigen Telefoniernachmittag hinein.

Zunächst ereilte uns ein völlig überraschender Anruf von Yossis Exe Anna.

Vom Yossi, einem Bratschenspieler, gäb´s ja Romane zu erzählen:

Wie ein Heiliger trat er in jungen Jahren in Buzens Leben, und in diesem Zusammenhang möchte ich dem Leser den alten Film „Tartüff" von Friedrich Wilhelm Murnau aus dem Jahre 1925 sehr ans Herz legen.

Buz war vom Gefühl gepackt, einem Heiligen begegnet zu sein, und nahm den heruntergekommenen armen Spielmann in sein Haus auf.

Der Yossi ließ sich durchfüttern, brachte es im Leben weit, und verschwand nach einer Weile so lange aus unserem Leben, bis er wieder in Not geriet....

Immer wieder verschwand er, und tauchte eines Tages unversehens wieder auf.

„Gereift!" wie man hoffte.

Der Yossi hatte große Pläne im Leben, in die er nun auch uns einzubinden gedachte:

Das Gesamtwerk von Brahms für Kammermusik in einer nie dagewesenen Lesart zu interpretieren, über die sich der Komponist womöglich die Haare gerauft hätte?

Man begann mit den beiden Sextetten:

Wie durch ein Lupenglas sollten die vereinzelten Harmonien herausgemeißelt, und hierarchisch gewichtet werden.

Die Spieler mußten den Bedeutsamkeitsgrad jeder einzelnen Note in der Harmonieauftürmung im Kopf behalten, und entsprechend den Bogen führen.

Die Quint = Deckel oder Hütchen eines Akkordes = galt es schließend oder bedeckend zu spielen.

Die für Moll oder Dur zuständige Terz entsprechend spannungsvoll oder eintrübend eingefärbt, und bedeutungsschwer und undurchlässig den Grundton, den Sockel des Ganzen.

Hinzu kamen Sert= Sept= und Nonakkorde, über deren Würzung oft Uneinigkeit herrschte, so daß man sich unschwer ausrechnen konnte, daß dies Projekt wohl mindestens 444 Jahre in Anspruch nehmen würde?

Der Possi probte unermüdlich, und war niemals auch nur ansatzweise zufrieden.

Der Leser ahnt´s:

Dem Unzufriedenen geht es bald wie einem Esel, dem böse Hände eine saftige Karotte an das Ende eines am Sattel angebrachten Stengels gehängt haben. Nun baumelt das Naschwerk verheißungsvoll in der Sicht=linie des braven Tieres.

Der Esel spitzt dir Lippen, ist bald schon auf Kusshöhe angelangt. Doch erreichen wird er die Karotte nie, da sie sich synchron mit seinem Kopf zu bewegen pflegt, und somit immer eine Spur zu weit entfernt bleibt.

Und so ähnlich erging´s dem an musikalischem Waschzwang leidenden Possi mit seinem Plan.

Und nun hatte sich seine Exe Anna auf uns rückbesonnen:

Rehlein hielt den Hörer ans Ohr, ich kuschelte mich an meine Mama, und ergriffen stellten wir das Gespräch laut.

„Dindi geht's suuper!" erfuhren wir über das gemeinsame Töchterlein.

Die Anna erzählte, daß ihr Leben jetzt so toll sei, weil sie so suuuper gut nach Berlin passe, und nun einfach ihr wildes Leben fortsetzt, das sie wegen dem Yossi mal eben zwanzig Jahre lang unterbrochen hatte.

Man taucht als Lauschender in Berliner Künstlerkreise ein, und fühlt sich dort merkwürdig fremd und unbehaglich.

Rehlein redete so freundlich, aber als das Telefonat endlich vorbei war, meinte Rehlein, daß sie jetzt dringend joggen gehen müsse, um dieses anstrengende Gespräch wieder abzuschütteln.

Während Rehlein in ihren Jogginganzug stieg, klingelte das Telefon erneut, und Rehlein hob nur aus jenem Grunde ab, weil sie sich doch einen Aufschwung für meine Karriere erhoffte.

Welch ein Schreck, als sie nun Beätchens zwitschrige Stimme vernahm!

Wenn das Beätchen sich schon mal dazu aufrafft zu telefonieren, macht sie's nicht unter zwei Stunden, da sie so ein Telefonat lang und gut eingeplant hat, bevor dann wieder mal ein halbes Jahr Ruhe herrscht!

Allerdings füllte sich durch dies anregende Gespräch Rehleins zuvor leergelaufene Batterie gottlob wieder ein bißchen auf.

Selbst durch´s Telefon hindurch vermeint man Beätchens hervorgeschraubte blitzende Äuglein zu sehen, mit denen sie einen voller Eifer darüber begackert, was man in seinem Leben wohl dringend ändern müsse, um die zu werden, die man schon immer sein wollte.

„Äääääawrikka!"*   sagt sie mit erhobenem und vibrierendem Zeigefinger.

*„Erika" mit amerikanisch-schwäbischem Akzent

Zum Schluß rief dann auch noch Onkel Dölein an, und gemeinsam planten wir Döleins Herbsturlaub in Europa, der doch mit interessanten Besuchen nur so vollgepflastert werden soll.

Ich erfuhr, daß Döleins Freund Dieter in Tübingen an Dickdarmkrebs laboriert.

Ferner erzählte uns Onkel Dölein so plastisch, daß er die Austauschlehrerin aus Uelzen, die letztes Jahr bei ihnen in Amerika logiert hat, nicht sonderlich mochte. Er hat sie im Verdacht, eine Lesbe zu sein, die ein Auge auf die Debbie geworfen hat.

Samstag, 12. April

Es wurde immer schöner und wärmer.
Doch am Vormittag
elendete mich der helle Sonnenschein ein wenig

Am Morgen zeigte sich mir beim Blick aus dem Fenster Schockierendes:
Krankenwagen und Notarzt!

Vor Entsetzen paralysiert schaute ich drauf, und sah nach einer Weile die Bärbel von hinten einsteigen, so daß ich nun sicher war, daß es Frau Priwitz erwischt hat.

Später konnte ich mich gar nicht bremsen, Rehlein darüber anzubemutmaßen, während sich aus Rehlein ein paar leicht empörende Buzgeschichten ins Freie drängelten.

Rehlein erzählte, wie sich Buz unlängst in der Fußgängerzone seltsam benommen habe:

Buz wurde von einer frischen Elanwoge getragen, und sprach wieder von der privaten Musikschule, die demnächst zu gründen ihm vorschwebe – nicht zuletzt auch aus jenem Grunde, um ein paar alten Spezis und Kumpeln ein gesichertes Einkommen zu garantieren.

Doch hiervor hat Rehlein einen Riesenbammel und sagte somit so resolut sie nur konnte: „Unterrichten ja! Schule nein!"

Da sagte Buz extra laut, nur für die Ohren der Entgegenkömmlinge und Mitpromenatoren bestimmt, und hinzu völlig unlogisch und am Kern der Sache vorbei: „Du willst also, daß ich auf die 20 000 €uro im Sommer verzichte?!"

Da schellte es an der Tür. Frau Münch beehrte uns.

„Diesmal kommen Sie wie gerufen!" sagte ich nett, weil wir ja soeben Tee aufgebrüht hatten.

Das süße Rehlein parodierte gar eine trockene Hessin, der jedoch das Herz am rechten Flecke ist: „Kommense rein!"

Frau Münch hatte aus Versehen einen Brief, den der Pastor Waller aus Rothenburg an mich gerichtet hatte, gelesen.

Die Karte war so nett mit dem Namenszug „Dein Hans-Christoph" unterschrieben, und eine wohlwollende Rezension aus der Zeitung war ebenfalls beigelegt.

„Franziska König spielt auswendig!" stand unter meinem Foto, und im Inneren wurde man gar über Details unterrichtet: „…ohne sich zu verheddern".

Und dabei hatte ich mich grad in diesem Konzert (in Scheeßel bei Hamburg) an einer Stelle doch leicht verheddert.

Frau Münch plant nächste Woche einen Besuch bei Großmanns. Etwas, das *ich* mir z. Zt. nicht erlauben darf, doch stellvertretend für die Großmanns freute ich mich nun auf den Besuch einer reifen Dame vor.

Nach dem Frühstück rief ich bang die Bärbel an. Ich erfuhr, daß Omi Priwitz um halb vier in der Nacht so starke Herzschmerzen bekommen hatte, daß man gezwungen war, die Ambulanz zu rufen. „Doch vielleicht waren es auch nur Blähungen?" lachte die Bärbel, die diese Übervorsicht schon gewohnt ist.

Ein bißchen hatte mich stellvertretend für die Bärbel bereits ein freudiges „Unverhofft kommt oft" Gefühl beschlichen.

Jetzt hatte sie sich vor dem Besuch bei der Mutter schon vorgegraust, und nun wird ihr unverhofft eine sturmfreie Bude beschert.

Doch ich erfuhr, daß Omi Priwitz höchst insistent gewesen sei:

Sie befahl der Bärbel, ein paar persönliche Dinge zu holen und au-gen-blick-lich - zu diesem feldwebeligen, in vier Teile zersplitterten Wort trommelte sie streng mit dem Knöchel ihres gebogenen Zeigefingers auf einer Holzplatte herum - ins Krankenhaus zu bringen. Dabei starb die Bärbel fast vor Hunger, und wollte erstmal in Ruhe ein Brötchen essen, und einen Kaffee trinken.

Ich schaute mir eine Reportage über den „Mordprozess Magnus Gäfgen" an:

Das ganze Drama ereignete sich auf dem Humus einer Hörigkeit, die ihn völlig an seinem Verstande vorbei erfasst hatte. Die 15-jährige hochversnobte Katha, Mitglied einer Schickimickigruppe, in der man sich lustvoll mit Glanz und Reichtum zu brüsten pflegt, hatte sich nur aus jenem Grunde dazu herabgelassen, die Neue an seiner Seite zu werden, weil er ihr das Blaue vom Himmel herab ver-sprochen hatte: Ein Leben in taumelig stimmendem Luxus: Mit einem fabrikneuen Merzedes, mit dem man Monte Carlo unsicher zu machen gedachte.

Rehlein und ich saßen beim Kaffee und unterhielten uns so bannend:

Zum Beispiel über die Zukunft von Onkel Dölein: Vier Wochen lang will er sich in Florida von der

Debbie erholen, um sie hernach *eine* Woche lang zu genießen bzw. zu erdulden. Und in diesem Muster möchte der Onkel den hoffentlich noch lange währenden Rest des Lebens abschreiten.

Rehlein wünscht sich Enkelkinder, und sprach von Ming, der ein „genetisches Päckchen" zu tragen habe: „Erbmoleküle seiner Önkel Rainer und Eberhard beispielsweise. Als der Rainer zum Jüngling heranwuchs, sah man ihn daheim kaum noch, da in seinem Leben nur noch die Mädchen eine Rolle spielten, so daß man als Familienmitglied quasi abgemeldet war. Mehr noch: Er schob seine Ursprungsfamilie in eine Truhe im hintersten Winkel seines Gehirns, wo sie bald schon Staub ansetzte.

Nach dem Frühstück unternahmen Rehlein und ich einen ausgedehnten Vorortspaziergang in der Sonne.

Bald gelangten wir in eine neue Siedlung, die ich noch gar nicht gekannt habe. Rehlein fand die Häuser dort ganz bezaubernd. Eines war über und über verglast, und dahinter befand sich ein kleiner Deich, den man durch die Vollverglasung sehen konnte.

Bewunderd dachten wir an jene Leute, die im Leben alles richtig gemacht, und ihr Geld so klug angelegt haben.

In einem Vorgärtchen spielte ein bleicher, zirka zweijähriger Junge, der den Kopf bis zum Anschlag nach uns umbog. Er erinnerte mich an den zweijährigen Georg, der vor zirka zwanzig Jahren in Mittenwald verschwand, und nie wieder auftauchte.

In einem kleinen Wäldchen trafen wir die Bärbel, die von einem Spitalbesuch bei der Mutti zurückkehrte.

Wir erfuhren, daß „die Muddi" ihren Garten über alles liebe, und demgemäß so bald als möglich wieder nachhause möchte. Heut hatte sie starke Medikamente bekommen, und ist ganz müd, doch sie versucht verzweifelt, nicht einzuschlafen, da sie Angst hat, die Ärzte könnten etwas mit ihr anstellen: z.B. eine Niere entfernen und auf dem Schwarzmarkt verkaufen?

„Da kann man nicht vorsichtig genug sein!" denkt die alte Dame listig.

Sonntag, 13. April

Warm und sonnig

Das süßeste Rehlein stieg soeben ins Duschhäusl, wie die quietschende Türe verriet, und ich wiederum hangelte mich in einen sonnengewärmten Sonntag hinein. .

Köstlich fanden wir Beätchens Antwortbrief auf mein gestriges Mail, in welchem ich die Adresse vom Lindalein erbeten hatte, um die alte Freundschaft wieder aufblühen zu lassen.

Ferner hatte ich dem Beätchen das Telefonat mit Anna V. geschildert, die alles „super" fand.

Somit bediente sich das humorvolle Beätchen in ihrem Antwortschreiben einfach dem Stile von Anna V., und schrieb wie folgt:

„Ich hab von meiner Tochter seit Jahren nichts mehr gehört. Doch ich nehme an, es geht ihr super, denn sonst hätte sie doch wohl geschrieben?"

Rehlein lachte so bezaubernd, und freute sich, daß sie so eine geistvolle Familie hat.

Mitten in Rehleins fröhliches Gelächter hinein schrillte das Telefon ganz laut auf, und wir zuckten zusammen, da wir nach Buz und Mings Weggang kaum noch angerufen werden.

Der treue Buz war´s.

Buz freute sich so sehr, daß Rehlein gestern drei Richtige im Lotto gehabt hat.

(„Ein Anfang ist gemacht!")

Am Nachmittag unternahmen Rehlein und ich einen so unglaublich erfüllenden Spaziergang im Egelser Forst.

Wieder lenkte ich die Rede drauf, was wohl heut vor 40 Jahren war? Damals war ich schon mehr als fünf Monate alt, und das stolze Rehlein wußte auch immer genau, wie viele Tage ich alt war.

Wir liefen so vor uns hin, kamen an einen gepflasterten ländlichen Weg, und lernten zwei Esel kennen, die man streicheln konnte, und die sich so schön warm anfühlten.

Ein bißchen war es für uns Menschen natürlich schon beschämend, daß wir denen keine Leckerli anbieten konnten, und der eine braune Esel wandte sich sogar ganz schnell enttäuscht von uns ab.

Ich als große Eselsfreundin war ganz aus dem Häuschen, und sagte: „Das glaubt man uns doch kaum! Wenn wir jemandem erzählen, daß wir heute schon zwei Esel kennengelernt haben? Das glaubt uns doch kein Mensch!"

Beim Weiterlaufen erzählte mir Rehlein, daß sie heute morgen bereits reuevoll und tief zerknirscht darüber nachdenken mußte, daß sie sich Omi Mobbln gegenüber doch oft unverschämt benommen habe:
Als die Mobbl schon mehr als 86 Jahre alt war, hat sie mal eine Pizza gebacken, in die ein paar Glasscherben mit eingebacken waren, und Rehlein hat so geschimpft!

Ein kleiner Junge fuhr in rasendem Tempo auf einem landwirtschaftlichen Dreirad, und sein kleines Schwesterlein - zirka drei Jahre alt - saß ganz lose hinten drauf, und wurde vom rasenden Schwunge oftmals leicht aus dem Sitz gehoben!
Der Esel auf dem Feld blökte einmal ganz laut auf, und vor uns liefen zwei putzige, dünne alte Omis, die wie zwei Launen der Natur ausschauten, in identisch aussehenden Mänteln.

Am Abend rief ich die Omi an.
Die Omi schwebte auf der absoluten A-Seite, und war so bezaubernd, daß wir sie alle innig liebten.
Wir sagten einander lauter liebevolle Dinge, von denen man je sehr lange zehren kann.

Abends lud uns die Bärbel zu einem Umtrunk ein. Wir erfuhren, daß die Muddi im Spital ganz rote Apfelbäckchen bekommen habe, und heut absolut beschwerdefrei war. Am meisten freut sie sich immer auf ihren Enkel Klaus, der ihr Ein und Alles sei.

Der Besuch bei der Bärbel war ganz nett, auch wenn das Beätchen wahrscheinlich darüber gesagt hätte, er sei „bärbelig" gewesen.

Seltsam war nur, daß ich dort gar kein Bedürfnis verspürte, heitere Anekdötchen zu erzählen, wie das doch sonst meine Art ist?

Ich beschränkte mich eher auf Höflichkeiten und Plattitüden.

Montag, 14. April

Ein wunderschöner Tag entrollte sich.
Zu meinen nachmittäglichen Tätigkeiten
flutete güldener Sonnenschein
in Buzens Zimmer herein

Erhoben um 6:00

Ich schlief sehr sanft und milde in Buzens Bett, und dadurch, daß ich mich derzeit immer zu einer „Tätigkeit" erhebe, - dem Besuch in der Tante Olli - klappt es mit der Früherheberei schon richtig gut.

Dort saß ich alsbald - bedient von der drallen dunkellockigen Rita, die sich anfühlte, als sei sie die Schirmherrin meiner Morgenstunden auf dem Hochsitz an einem pizzagroßen runden Tischlein, während sich draußen ein schöner Sonnentag entfaltete.

Heute bekam ich Gesellschaft von einem jungen Herrn, zirka 29 Jahre alt, mit Wildschweinebärtchen. Er unterhielt sich auf sehr vertrautem Fuße mit der Rita, und zündete sich gar wie in einem schlechten Roman eine Cigarette an.

Die Rita plauderte so nett aus dem Nähkästchen, so daß einen jenes freudige Gefühl bewehte, wie es wohl zuweilen doch schön sein kann, junge Erwachsene als Kinder zu haben:

Sie erzählte, wie sie gestern in ihre Inline-Skates stieg, augenblicklich losrollte und ihre Eltern auf dem Dorfe besuchte, und wie sie der Mutter vorgeschlagen habe, eine Radtour zu unternehmen.

Gemeinsam radelte man dreißig Kilometer durch Ostfriesland, und kehrte abends abgestrampelt, so jedoch glücklich zurück...

Als der Herr mit dem Wildschweinebärtchen endlich zuende geraucht hatte, kam eine Dame und rauchte schamloserweise auch.

Ich erfuhr, daß dieser Herr heute seinen Hochzeitstag feiere, und wunderte mich innerlich kurz auf, was jemanden wohl bewegt, an seinem Hochzeitstag noch vor sieben Uhr in der Früh hier in dieser „Bahnhofsspelunke" herumzulungern?

Schließlich fuhr ich heim, übte los, und hielt im übrigen heut mein starres Tagesmuster ein.

Auf die Post durfte ich heut nicht zornig sein, da unsere Nachbarn, die Möllers, ein Brieflein aus Norwegen geschickt haben. Dies war als Lohn für Rehleins gute Tat gedacht, da Rehlein den Eheleuten ein Kärtchen mit schönen Urlaubswünschen geschrieben, und unter den Scheibenwischer geklemmt hatte. Auf einem dem Briefe beigefügten Foto sah man den Jürgen von hinten mit dem Hund an einem ganz einsamen Picknicktisch sitzen, und ich stellte uns spaßeshalber vor, *wie er offenbar „ein Böckchen" hatte, und die Dorothea ihn dabei fotografiert hat, wie er ihr bereits am ersten Urlaubstage unzugänglich den Rücken zukehrte.*

(„Manchmal schweigt er Tage lang aus nichtigem Grunde") Worte vom Beätchen über ihren Exmann Ric.

Einmal rief Buzens väterlicher Freund, Herr Schütt („Schütti") an, der umgezogen ist, und es sicherstellen wollte, daß der Franz im Sommer in sein neues Haus käme, da es für den alten Herrn der Höhepunkt des Jahres ist, wenn der Franz aus Taiwan zu Besuch kommt.

Mittags hatte Rehlein wie alle Tage köstlich gekocht. Es gab Hochglanznudeln mit einem pikanten Kraut, und wir Damen hatten je einen gesegneten Appetit.

Ich erzählte, wie Frau Priwitz im Spital wie ein Luchs darauf bedacht ist, nicht einzuschlafen, da sie argwöhnt, daß ihr die Ärzte heimlich ein paar Organe entnehmen, und für unverschämte Preise im Schwarzhandel feilbieten, weil es bei so einer alten Frau letztendlich wurscht sei, ob sie nun eine oder zwei Nieren hat?

Als die Nudeln grad so köstlich dampfend auf dem Tisch standen, rief Buz nur um des Anruf Willens an, und war so warm!

Ich erinnerte mich, daß die Omi gestern über Buz gesagt hatte, er sei so mildtätig, und als Rehlein am Abend aus dem Duschhäusl stieg, vermisste sie Buz plötzlich so sehr.

Man glaubt´s kaum, aber das süßeste Rehlein war heut den ganzen Tag damit beschäftigt, ihren Jahresrückblickserguß in längliche Kuverte zu betten.

Die Briefe türmten sich, und ich brachte alle zur Post.

Dort befällt mich jedesmal ein Bammel davor, von der einzigen Postbeamtin behandelt zu werden. Jener strengen Dame, die mich wegen meinem Getue um die Briefmarken bereits auf dem Kieker hat.

Mit einer unwirschen Handbewegung fegte sie mich kurzerhand an den Nebenschalter zu ihrem Kollegen, und mit diesem Postbeamten, den ich noch nicht gekannt habe, verstand ich mich geradezu unglaublich!

Er sprach mich auf die Zeichnungen auf den Kuverten an, und lachte darüber.

In warmem Sonnenscheine radelte ich zum Klub, und auf diesem Wege traf ich die Maria, deren Praxis ich irrtümlich ganz woanders gewähnt hatte.

Die Maria praktiziert in der schönen efeubewachsenen Villa direkt gegenüber der Stadtbibliothek, in jener Straße, wo vor einiger Zeit ein Mord passiert ist.

Und nun konnte die Maria gar auf jene Stelle deuten, wo er geschah!

Ein entlassener Häftling aus Oldenburg war bis unter die Haarwurz mit einer unkontrollierbar, explosiven Aggression befüllt. Direkt nach seiner Haftentlassung kaufte er sich eine Axt, mit der er einem zufällig des Weges kommenden Herrn den Schädel spaltete!

Schaudernd sprachen wir über dies nicht alltägliche Vorkömmnis in unserer doch so friedlichen Stadt.

Die Gespräche modulierten weiter bis nach Heidelberg, um vor der Praxis jenes Kinderarztes Halt zu machen, der an Heiligabend von Karlheinz B. ermordet wurde.

Der Arzt war der Maria indirekt bekannt, dieweil es sich um den Kinderarzt ihrer Schwester handelte. Einen Herrn, der sich gar auf das Cellospiel verstand!

„Das Cello in der Ecke ist verstummt!" stemmte sich nun ein äußerst unfroh stimmender Gedanke in die Unterhaltung.

Abends schauten Rehlein und ich einen Fall vom milden Richter Michael Reis. Einem Herrn mit der Persönlichkeit eines Geistlichen.

Hier die Sachlage:

Die 39-jährige „Frau Rose" wurde vom Polizeipräsidenten Herrn Neutze zu einem Zungenkuß genötigt, und bei ihrer Aussage hatte sie so ein übertrieben neurotisch-leidendes Getue drauf.

„Da lacht man doch!" dachte ich nach Mobblart boshaft.

Der Polizeipräsident bekam neun Monate auf Bewährung aufgebrummt, und muß Frau Rose 2500€ Schmerzensgeld zahlen. Tut er´s nicht, so wandert er ein.

Dienstag, 15. April

Wunderschön sonnig

Heute frug ich mich, ob ich mein neues Hobby – den Feierabend an den Tagesbeginn zu heften, und im Morgengrauen in der „Tante Olli" abzuhängen nicht doch wieder aufgeben sollte, denn schon zum zweiten Male in Folge saß der Herr mit dem Wildschweinbärtchen neben mir an meinem Hochsitz, und stellte seinen Aschenbecher wie selbstverständlich in meinen Zeitungssalat hinein.

Er war gekommen, um mit der vollbusigen Thekendame „Rita" auf vertraulicher Ebene zu plaudern. Etwas, das natürlich wiederum höchst biologisch und nett wirkt.

Die jungen Leute lachten auch fröhlich miteinander, dieweil sie sich noch ganz am Anfang, sprich, im Frühling der Bekanntschaft, befinden.

Bloß ging dem Herrn nach einer Weile denn doch der Gesprächsstoff aus, dieweil er das bißchen Pulver an Interessanz für die Damenwelt, das in ihm gespeichert war, bereits verschossen hatte.

Und nun saß er im Sonnenscheine einfach so da.

Ich, scheinbar ganz in die Zeitung versunken, musterte ihn verstohlen, und malte mir aus, wie

Ming wohl reagieren würde, wenn ich diesen Herrn
anbrächte?

Ich holte Rehleins Lottogewinn ab (drei Richtige)
und freute mich über 10,60 €, die mir anstandslos
aus der Lottokasse gereicht wurden.

Daheim saß Rehlein am Flügel, spielte die
Kinderszenen von Schumann, und leuchtete im
Glanz der Sonne vor Freude über den üppigen
Gewinn.

Rehlein und ich spazierten in warmem Sonnenschein durch die „Glupe," einem schlanken Seiten-
arm der Graf-Enno Straße. Jener so friedlichen und

freundlichen Straße, in der Rehlein im Jahre 1976 einige Monate lang als Untermieterin bei Frau Tosch residiert hat.

Bald darauf bogen wir in eine selten benutzte Gasse ein, und plötzlich wurde ein uraltes, spinnwebverhangenes Doc in meinem Gehirn angeklickt und geöffnet:

Dort wohnte einst der Malermeister Abbo Hayunks, bei dem Ming und ich im Jahre 1976 𝖉𝖎𝖊 𝕶𝖆𝖗𝖓𝖎𝖈𝖐𝖊𝖑 𝖆𝖓𝖌𝖊𝖘𝖈𝖍𝖆𝖚𝖙 𝖍𝖆𝖇𝖊𝖓, 𝖉𝖎𝖊 𝖒𝖆𝖓 𝖚𝖓𝖘 𝖆𝖑𝖘 𝕲𝖊𝖘𝖈𝖍𝖊𝖓𝖐 𝖚𝖓𝖉 𝕱𝖗𝖊𝖎𝖟𝖊𝖎𝖙𝖛𝖊𝖗𝖌𝖓ü𝖌𝖊𝖓 𝖎𝖓 𝕬𝖚𝖘𝖘𝖎𝖈𝖍𝖙 𝖌𝖊𝖘𝖙𝖊𝖑𝖑𝖙 𝖍𝖆𝖙𝖙𝖊, 𝖘𝖔𝖋𝖊𝖗𝖓 𝖜𝖎𝖗 𝖚𝖓𝖘 𝖆𝖓𝖘𝖙ä𝖓𝖉𝖎𝖌 𝖇𝖊𝖓ä𝖍𝖒𝖊𝖓, 𝖚𝖓𝖉 𝖆𝖗𝖙𝖎𝖌 𝕻𝖎𝖔𝖑𝖎𝖓𝖊 𝖚𝖓𝖉 𝕶𝖑𝖆𝖛𝖎𝖊𝖗 ü𝖇𝖙𝖊𝖓.

Tatsächlich: Noch immer prangte die Haustafel neben der Türe, und dabei war uns der Malermeister schon damals steinalt erschienen.

All die Jahre lebte man nur ein paar Straßenzüge voneinander entfernt, und doch war´s so, als lebe man fernab in Amerika.

Fast dreißig Jahre sind vergangen, und man hat sich nie wieder gesehen, da wir von der Idee, Karnickel zu züchten wieder abgerückt waren, zumal der Opa in Ofenbach sich nun Hasen hielt.

Rehlein erzählte von der mittlerweile verstorbenen Frau Borggreve – einer Dame, die an die Mutti vom Loriot im Film „Ödipussi" erinnerte:

Vor vielen Jahren traf man einander an einem Vormittag in einer Ausstellung in Emden, und die alte Dame lud das junge Ehepaar auf unerhört insistente Weise, und in geradezu militanter Strenge, der zu widersetzen es den meisten jungen Leuten schlicht an Mut gebricht, zu Kaffee und Kuchen ein, was bedeutete, daß die jungen Eheleute noch ein paar Stunden in Emden totschlagen mußten.

Es war schubbernd kalt und regnete, und um wie vieles lieber hätte man es sich an seinem freien Wochenende daheim gemütlich gemacht!

Doch als es dann so weit war, hatte die alte Dame es einfach vergessen, und war gar nicht daheim!

Rehlein und ich waren losgezogen, um Rehleins Jahresrückblicksbrief in die Sedanstraße zu bringen, wo die mütterliche und feenartige Frau von der Nahmer lebt.

In der Sedanstraße fanden wir das Haus, das leider nicht das allerschönste ist, schon bald, und der etwas kahle graue Brief, den wir nun in den Briefkasten steckten, wirkte auf den ersten Blick vielleicht sogar wie ein Freundschaftsaufskündigungsschreiben, dieweil Frau v.d.N. sich aus unserem Musikalischen Sommer zurückzuziehen plant.

Abends schauten Rehlein und ich Teil II von jener Zukunftsserie, in der die Zuschauer darüber in Kenntnis gesetzt werden, wie die Erde in hundert Millionen Jahren wohl ausschauen wird?

Eine Dinoschildkröte, groß wie ein Elefant, wurde von einem klebrigen Oktopuss behupft, und in den Hals gebissen. Da brach die arme Schildkröte in lautes Wehklagen aus, und weinte.

Mit einem Konzert für Cello und Klavier im Güterschuppen war es uns ergangen wie Frau Borggreve mit der Einladung zum Kaffee:

Ich hatte den Termin an die Pinnwand im Flur geheftet, und dann nie mehr den Blick darauf gelenkt.

Nun war´s zu spät für den Kunstgenuss!

Mittwoch, 16. April

Wunderschön sonnig und warm

Zum Frühstück gönnten Rehlein und ich uns schon wieder einen Streit um III Fall:

Eine müde Frau, die ausschaute, als müsse sie Annerose heißen, und auch „Annerose" hieß, (ein Pantoffel/Morgenrock-Typus mit eingekremtem, leicht glänzendem Gesichte), die vielleicht dem Kanzler Schröder gefallen hätte, dieweil sie nur etwa ein Viertel so viel wog, wie eine normale stämmige Frau, prozessierte gegen eine ganz süße ältere Dame mit Hamsterbäckchen, die dem minderjährigen Sohn von der Annerose für tausend €uro seinen Hund abgekauft hatte.

Die ältere Dame war so rührend, und hatte die tausend €uro Hundegebühr sogar dabei, weil ihr der vierbeinige Freund so viel wert war!

Und nun ging es um das leidige Thema, daß man mit Minderjährigen keine derartigen Geschäfte machen dürfe.

Kaum hatte die alte Dame den Hund gekauft, und diesen so kostbaren Schatz mit nach Hause genommen, um den Lebensabend mit ihm zu verbringen, da schrillte es an der Türe, und die Mutter des Knaben legte eine Szene hin!

Ein zwölfjähriger Mensch sei noch nicht geschäftsfähig, und außerdem gehöre ihm der Hund doch überhaupt nicht!

Der Hund gehöre einer Nachbarin, die ihn wiederhaben möchte.

Der Lümmel habe den Hund verkauft, um mit seinen Kumpeln tausend €uro auf den Kopf zu hauen.

Dreist behauptete er, der Hund sei ihm davon gelaufen. Doch schließlich legte er kleinlaut ein Geständnis ab!

Alsbald stand ich wieder an meiner Violine:

An der Hecke zeigte sich der Liebhaber von der Ina, und zündete sich gar eine Cigarette an!

Um elf Uhr kam meine Schülerin Maria mit bloßen Füßen, und hatte ihre Noten daheim vergessen.

„Und die Schuhe hast du auch vergessen!" scherzte ich, während Rehlein, vom Plapperschwung erfasst, bereits aus dem Nähkästchen zu plaudern begonnen hatte.

Rehlein erzählte, daß sie von ihren Schülern her so ziemlich alle Vergessungsmöglichkeiten gewöhnt sei.

„Es kann aber natürlich auch sein, daß du die Schuhe unterwegs jemandem geschenkt hast, der sie nötiger hat als Du!" plabberte ich gerührt dazwischen.

Bald darauf gab ich mir große Mühe, ein vollendetes, das Bratschenspiel veredelndes Vibrato zu unterrichten, und auf angenehm entspannende

Weise verwoben sich hie und da auch Hausfrauen- und Tratschthemen in den Unterricht hinein.

„Ewald war heut so stinkig gelaunt!" berichtete die Maria ungezwungen von ihrem Ehemann, der sich heut mit dem linken Bein in den Tag hinein- geschwungen zu haben schien, nachdem er in der Nacht kein Auge zubekommen habe, dieweil der kleine Paul an einem Schnupfen laborierte, und die ganze Nacht lang laut geplärrt hat.

Doch die Maria als Mutter liebt das Paulchen bedingungslos.

Leider ging's mir trotz des wunderbaren Frühlingswetters, von dem's doch heißt, daß es die Lebenslust anhebe, so wie in Opas Gedicht:

„Lacht froh die Sonn' mir ins Gesicht.

Die Müdigkeit verlässt mich nicht!"

Am Nachmittag fuhren Rehlein und ich nach Tannhausen, um eine Vorstellung vom Zirkus Uni- versal Renz zu besuchen.

Freudig gespannt betraten wir das überraschend gut besuchte Zirkuszelt. Man hatte gar eine Combo angemietet, und als uns ein Herr durch den Lautsprecher willkommen hieß, war's so unfaßbar und abscheulich laut, und Rehlein hat doch so feine und sensible Ohren, die sie sich augenblicklich und hinzu mit einem gequälten Ausdruck äußersten Mißbehagens ganz fest zuhielt!

Doch der Rest gefiel dem süßesten Rehlein unglaublich. Manchmal applaudierte Rehlein ganz schnell, oder rief laut und mutig „Bravo!" weil ein wirklich schönes Programm geboten wurde, wo für jeden Geschmack etwas dabei war: z.B. gutmütige und gehorsame Tiger, oder ein jonglierender Herr der blitzschnell seine Hüte wechselte.

Besonders begeisterten uns die Reptilien.

Eine Schlange - zusammengerollt wie ein LKW-Reifen aussehend - war so schön gemustert und so lang, daß man´s wirklich kaum fassen konnte. Man zog sie in die Länge, und es schien überhaupt nicht mehr aufhören zu wollen. Mindestens zehn festlich kostümierte Mitarbeiter mußten die Schlange tragen.

Hernach wurden so zirka sieben Krokodile herbeigeschleppt.

Eines davon plazierte man direkt in die Sichtlinie eines uralten Opas, den irgend jemand mitgebracht hatte, so daß er nun, dem heimischen Ohrensessel und seiner Pantoffeln enthoben, von einem weithergereisten Krokodil gemustert wurde.

Das seiner Heimat am Nil und seinen Wurzeln entrupfte Krokodil wurde mit trüben Blicken durch beschlagene Brillengläser dumpf angeblickt.

In der Pause schimpfte eine Mutti mit einem Jungen, der in die Hose gepullert hatte.

„Herrijesses!" rief sie zornig, und rang vergebens nach noch zischenderen Wortgeschossen herum.

Dann trafen wir die Maria mit ihrem kleinen Töchterlein Miriam.

Die Miriam stak in einem schönen roten Sommerkleidchen, und einmal klammerte sie sich aus Versehen gar an Rehleins Bein und erschrak, als sie hoch über dem umklammerten Haxerl einen fremden Kopf gewahrte.

Die Besucher schlenderten herum, und schauten sich die Tiere in den Waggons an.

Die Schlange, die man bestaunen durfte, war wieder zu einem Reifen zusammengerollt, und schien zu schlummern, obwohl ich das Gefühl hatte, sie mustere uns verstohlen aus einem Augenwinkel heraus. Eine Etage unter ihr wohnte eines der Krokodile in einer Wasserpfütze.

Einmal streichelte ich ein Zebra, und dachte gar nach Art vom Opa: „Also, wenn mir heut morgen jemand prophezeit hätte, daß ich heut ein Zebra kennenlerne – den hätte ich doch wohl ausgelacht, oder?"

Der Direktor hatte so laut durch den Lautsprecher gesprochen, daß ich persönlich nichts verstanden hatte, doch nun erfuhren wir, daß er auf andere Zirküsse geschimpft habe, die den Zuschauern die Lust auf Zirkus ein bißchen genommen hätten.

Worte, die wiederum den Leuten nicht so gefielen, da man allgemein der Meinung ist, daß man Kollegen Respekt und Achtung zollen solle – egal, wie gut oder schlecht sie sind.

Donnerstag, 17. April

Schön und sonnig

Ich erhob mich, und radelte in zart aufkeimendem Morgensonnenschein zur Tante Olli, wo sich nach einer Weile schon wieder der Jens-Peter als Stammgast an meinen Tisch gesellte.

Ich stelle den Aschenbecher immer gleich angeekelt weg, doch wenn der Jens-Peter da ist, so stellt er ihn gleich wieder drauf, weil er als simpler Moordorfer kein Gespür für dererlei Unfeinheiten zeigt.

Zunächst jedoch war ich eine Weile lang alleine. „Schreinemakers. Ehe kaputt!" lautete die heutige Bild-Überschrift.

Ich vertiefte mich in das Ehedrama der Schreinemakers, und dachte im Stile einer älteren Dame:

„Die Erfahrung lehrt, daß nichts Besseres nachkommt!"

Doch lehrt sie dies wirklich?

In den „Ostfriesischen Nachrichten" las man über einen pöbelig veranlagten 21-jährigen Herrn, der im Carolinenhof randaliert habe.

Er beschimpfte die herbeigeeilten Polizisten als Mörder, doch dies mochte die sensible Polizei nicht auf sich sitzen lassen, und zerrte ihn vor den Kadi.

Vor Gericht und in ausgenüchtertem Zustand tat er nun allerdings so, als habe er bloß „Gärtner!" ausgerufen, was ja im Rahmen einer Pöbelei ein etwas ungewöhnlicher Ausdruck gewesen wäre?

Da stand auch schon wieder der Jens-Peter mit seinem Wildschweinebärtchen neben mir, und da ich sehr gutmütig bin, knabberte es wenig später auch leicht in mir, daß ich vielleicht gar zu kurz-angebunden gegrüßt hatte?

Die Rita erzählte, daß sie heute auf einen Kinder-geburtstag müsse.

„Da freu ich mich vielleicht drauf!" sagte sie triefend vor Ironie, „ich kann gar nicht am mich halten vor Freude!"

Zum Frühstück lauschten wir einer Radiosendung über Stendahl, und der Dichter erinnerte das süßeste Rehlein so an den Opa.
Vorallem in seinem Groll gegen die Pfaffenschaft glaubte Rehlein, den Opa wiederzuerkennen.

Als ich auf dem Heimweg vom Klub durch den Friedhof zurückradelte, lag eine Beerdigung in den Lüften. Beklommen verlangsamte ich meine Fahrt, und tatsächlich stand neben der Kapelle bereits der Sargwagen mit seinen so pietätvoll angebrachten Spitzenstores am Fenster. Nachdenklich radelte ich weiter…

Daheim wurde ich mit großem Staubsaugergeheul empfangen. Der unfreundliche Lärm bereitete mir schlechte Laune, da ich das Gefühl hatte, daß pausenlos im Haushalt herumgeschuftet wird.

Und doch ruft Rehlein beständig aus, wie staubig es doch sei!

Rehlein stöhnte darüber, daß Frau Meyer die Fenstersimse mit aggressivem Putzmittel abzuwischen pflegt, während Rehlein selber feinsten Lavendel benützt.

Bei Erläuterungen dieser Art schraubt Rehlein gern die Augen heraus und wedelt ungestüm mit dem Zeigefinger – solcherart, als erwarte sie, mit ihren Worten beim Gegenüber ein unerhörtes Aha-Erlebnis auszulösen.

Am Nachmittag trafen wir uns mit den Eheleuten G. auf dem Marktplatz, und manchmal scheint es mir direkt ein bißchen so, als seien wir ein rettender Anker im Leben dieses noch jungen Ehepaares.

Mutti Heike frug zwiefach schüchtern, wie es mir gehe, und ich sagte einfach „gut", obwohl dies doch strenggenommen eine oberflächliche Allerwelts-antwort ist.

Wir nahmen vor dem Eiscafé „Venezia" Platz, und mich umhüllte Fröhe und Dankbarkeit darüber, daß man so dasitzt, seine Sorgen ein bißchen unter den Tisch kehrt, und ein Eis löffelt.

Ich bestellte mir einen Feuerbecher, wo obendrauf ein Stückchen Würfelzucker tänzelte, das vom Kellner kunstvoll in Brand gesetzt wurde.

Doch summa summarum schmeckte das Eis, das man unter einer Sahnehaube versteckt hatte, ein wenig langweilig.

Wir erfuhren, daß die dreiköpfige Familie G. in Aesch in der Schweiz in einer Einzimmerwohnung lebt.

Ich mochte die kleine, früh ergraute und milde Heike plötzlich so gern.

Als sie mal kurz verschwunden war, erzählte der Nick vom Leben in der Schweiz, das nicht immer leicht sei:

„Die sogenannten „Freunde" haben andauernd das Bedürfnis, sich bei der Heike seelisch auszukotzen," benützte er einen äußerst häßlichen Ausdruck für seelisch gebeutelte Menschen, wie ich fand.

Diese abscheuliche Wortwahl erinnerte mich direkt an das böse Uschilein.

Dann wurde es brenzelig:

Nick und Heike wollten doch um 16 Uhr den Bus nach Haxtum besteigen, doch der Nick hatte nur ganz lose auf seine goldene Taschenuhr geblickt, die er womöglich auch noch falsch herum gehalten hatte?

Jetzt war´s aber schon viere, wie das Loslärmen der Kirchenglocken verriet, und in diesen Sekunden würde der Bus losrollen!

Man hatte der Omi Haxtum versprochen, als kleines Dankeschön für die Beherbergung den Rasen zu mähen, und nun bekroch Mutti Heike Angst und Beschämung.

Es blieb einem gar nichts anderes übrig, als den weiten Weg durch einen energischen Fußmarsch mit großem Vorwärtsdrall zu bezwingen.

Man fürchtete, die Omi könne bereits selber mähen.

„S´is alles gemacht!" vermeinte man bereits bitter gefärbte Worte zu vernehmen.

Rehlein hoffte, die Verbitterung der rasenmähenden Omi mit ein paar verbindenden Worten von Seniorin zu Seniorin neutralisieren zu können.

„Ich sage einfach, daß ich euch aufgehalten habe!" versprach Rehlein, und nun liefen wir als kleine Karawane nach Haxtum.

An der Karawanenspitze plauderte Rehlein sich mit der Heike fest, während der Nick mit seinem zierenden Zylinder auf dem Haupt seinen rechten Arm zu einem Henkel gewinkelt hatte, an den ich mich anklammern durfte. Wir boten den Anblick eines schlichten Ehegespanns von vor über hundert Jahren.

„„Das ist mein geliebter Ehemann!" werde ich eventuellen Entgegenkömmlingen sagen, und nur noch in der Wir-Form sprechen!" scherzte ich.

Kurz darauf begegneten wir der Bärbel.

„Das ist der Neue an meiner Seite!" sagte ich neckisch.

Der Nick ist davon ganz rot geworden, und auf Art vom Beätchen sagte ich schnell: „Jetzt wird er ganz rot!"

An einer Ampel frug mich eine scheue Seniorin, ob man wohl auch als Fußgänger über die Straße laufen dürfe, da auf der grünenden Ampel nur ein Fahrradfahrer abgebildet sei? Doch wir wußten es nicht. Die Dame hatte auch noch ein Hündchen dabei, und eigentlich müsste auch noch ein grünes Hundezeichen aufleuchten, dachten oder sagten wir.

Wir liefen eine stadtauswärtsführende Straße entlang, und gelangten in Gegenden die ich noch gar nicht gekannt habe, bis hin zu einem kleinen grünen Park.

In Haxtum selber wird´s dann wieder etwas vororthaft. Eine 30-Km-Zone führt an Häusern mit gepflegten Vorgärten vorbei.

In einem der Gärtchen sah man eine große Kuh aus Plastik stehen, und dann waren wir auch bereits bei der Omi.

Auf nervöse Weise brachte uns die Heike je ein Glas Wasser, da es heißt, die alte Dame (Heikes Mutti) sei leider hochkompliziert. Den ganzen Tag sei man damit beschäftigt, die Komplikatessen mit ihr zu umschiffen, und unerwartete Gäste würden sie völlig aus der Bahn werfen.

So begaben Rehlein und ich uns schon bald, und ohne die alte Frau begrüßt zu haben, auf den langen, langen Heimweg.

Ich durfte ganz langsam radeln, während Rehlein marschierte.

Rehlein erzählte mir mitleidsvoll, daß die G.s leider massive Probleme hätten: Die Heike arbeitet dreimal die Woche von 7 – 16 Uhr, und der Nick verliert im Juni seine Arbeit als Pfleger im Altersheim, weil es leider symptomatisch für ihn ist, daß er beständig seine Arbeit verliert, wie einst ein gewisser Jemand.

Unterwegs hätten wir mindestens fünf Familien besuchen können, doch wir besuchten niemanden.

Wir kamen durch Gegenden, die ich noch nie zuvor gesehen hatte.

Aurich in der Ferne schien sich in eine Fata Morgana verwandelt zu haben, und ich malte mir aus, wie´s wohl käme *wenn eine ganze Stadt plötzlich wie vom Erdboden verschluckt sei?*

Wir bogen in den Rhododendronweg ein, und befanden uns am Kanal. Ein Gemälde von Renoir offenbarte sich uns. Wir wurden zum Teil eines Meisterwerks.

Daheim wurde nach friesischer Tradition erstmal Tee getrunken. Eine Art, seiner Ratlosigkeit, wie es im Leben weitergehen solle, Form zu verleihen.

Karin Mikami aus Japan, eine uralte Bekannte, von der wir seit Jahren nichts mehr gehört hatten, hatte als Reaktion auf Rehleins früchtebröternen Jahres-rückblicksbrief eine Botschaft auf unserem Anruf-beantworter hinterlassen. Wir erfuhren, daß sie innerhalb von sechs Monaten dreimal Oma wurde:

Ihre drei Kinder haben sich nahezu zeitgleich vermehrt.

Wir schauten einen sehr interessanten Fall von Richter Hans-Joachim ?, dessen Zuname mir, wie das Fragezeichen beweist, leider entfallen ist:

Eine asiatisch aussehende 29-jährige Dame ließ sich ein Bad einlaufen, und stieg währenddessen vier Stockwerke in die Tiefe hinab. Als sie wieder emporstieg wurde ihr der Weg durch einen sperrigen Schrank, der geliefert worden war, massivst versperrt, während oben die Badewanne überlief, und die daraus resultierende Flut unerhörten Sachschaden anrichtete…doch die junge Dame bekam kein Recht, und muß leider tief in die Tasche greifen. Zirka 3000 €uro wurden ihr aufgebrummt!

Und die Wohnung verliert sie jetzt wahrscheinlich auch.

„Eines Tages ist in ihrem Leben sicherlich wieder alles im Lot!" sprach ich einen positiven Gedanken aus.

Dann setzte ich mich im Schein der Lampe an den Schreibtisch und setzte die Feder an, um den heutigen Tag mit seinen noch warmen Erinnerungen für die Ewigkeit einzufangen. Doch es fühlte sich seltsam an, die letzte Seite eines Tagebuches vollzuschreiben. Ein Kapitel des Lebens schien zuende zu gehen.

Abends kochte Rehlein uns ein köstliches Kartoffel-Fisch-Süppchen, und wir schauten einen Fall von Richter Guido Neumann. Dieser Fall spielte in der Schlager-Branche:

Ein Verehrer überraschte eine Schlagersängerin mit einem riesengroßen Blumenstrauß. Die Sängerin glaubte jedoch, es handele sich um den Schofför und Diener, und nahm ihn mit auf ihre Hotelsuite. Dort setzte sie sich in die Badewanne, und bat ihn, den Nagellack aus ihrem „Beautycase" zu holen.

Rehlein nannte mich „mein Töchterlein", und von diesen schönen Worten fühlte ich mich meiner süßen Mama so unglaublich verbunden.

Um 23 Uhr kamen „unsere Männer" (Hahaha, Ute M. lässt grüßen) nach Hause. Zunächst mußte mühsam das Auto ausgeräumt werden, und stellvertretend für Ming packte mich ein leises Kälte- und Einsamkeitsgefühl, weil man nun bald den vertrauten europäischen Boden verlassen, und nach China reisen würde. Ming kam mir so überreif vor.

Karfreitag, 18. April

Meist wunderschön. Nur am Nachmittag drohte kurzzeitig ein Wolkenüberzug

Karfreitagsgemäß schlief ich lang.

Hernach bereitete ich das Frühstück zu, und legte dazu die neue CD vom Jade-Quartett ein. Eine CD, über die ich dem Konzertveranstalter Herrn Jung schreiben ließ: „…die Ihnen gewiss gefallen wird! Der, der behauptet, daß ihm diese CD nicht gefalle, der lügt!"

Und tatsächlich „dröhnte" mir nun in Form von Alban Bergs „Lyrischer Suite" jugendlich kraftvolles, und mit Vitalität durchströmtes Spiel entgegen.

Beim Frühstück erntete ich eine völlig unverdiente Lachsalve, die nur auf einem Hörfehler beruhte. Rehlein hatte sich schlicht verhört:

„Lapidar" hatte ich an einer Stelle gesagt, und Rehlein hatte „schlappidar" verstanden, und lachte laut und erheitert.

Nach dem Frühstück lud ich Buzen jenes im Grunde wenig erfreuliche E-Mail aus China herab, das schon seit einer Woche auf ihn wartet. Buz muß nämlich auf die Schnelle Bachs Doppelkonzert lernen, und von einem höchst süffigen und nicht ganz einfachen chinesischen Werk für zwei Violinen ist auf einmal auch noch die Rede. Ein Werk, das der Shiao Shue, ein lässiger Dirigententypus in der

Karajan-Nachfolge, per Mail-Anhang mitgeschickt hatte.

Ich begab mich in die oberen Gemächer und übte los. Mich dabei direkt ein wenig fühlend, als übe ich für Buz mit.

Bald schon tönte von unten das komplizierte chinesische Klanggebilde zu mir herauf.

Aus dem Fenster blickend sah ich, daß mich meine Ahnung nicht getrogen hatte: Daß der etwas starre dunkelhaarige Mann mit dem akkurat gezogenen Scheitel der Neue an der Seite von der Ina ist.

Zunächst fuhr das junge Paar im silbernen BMW vor. Dann verschwand es erstmal im Hause. Ich stellte mir vor, *daß sie jetzt in Inas Jungmädchenzimmer verschwinden und Musik hören, um die bedauerliche Tatsache zu übertönen, daß man einander als Mann und Frau im Grunde nichts zu sagen weiß.* Doch diesmal trog mich mein Instinkt, denn nach einer Weile kamen sie schon wieder heraus, und nach einer weiteren Weile zog der junge Herr die Ina an sich, und küsste sie in jugendlichem Überschwang auf den Mund.

Knutschen in der Öffentlichkeit tun sie jedoch nicht (mehr?), und die alte Leidenschaft von früher will sich bei der Ina einfach nicht mehr einstellen.

„Ein stilleres, dafür aber intensiver gelebtes Glück!" erlaubte ich mir einen hefeweichen Gedanken, der auch dem Kopf einer älteren Dame hätte entsprungen sein können.

Wie ein Wirbelwind stürmte Ming das Haus, und bald darauf spielten Ming und Buz die Franck-

Sonate. Köstliche Klänge mischten sich mit köst-lichen Düften aus der Küche.

Ich freute mich auf das Mittagessen vor, und trat den Musizierenden auf jene Art entgegen, in der Clara Schumann einst ungläubig, mit weit geöff-netem Munde, auf den Schwingen puren Glücks getragen dem klavierspielenden jungen Brahms ent-gegenschwebte, der vom Zimmermädchen Berta zum Warten verdonnert, am Flügel im Foyer Platz genommen hatte, um den Raum mit seiner Rhapsodie in g-moll zu füllen.

Buz hatte so eine süße Ausstrahlung, und spielte seine Franck-Sonate wie immer rührend. Als man das Werk zuende gespielt hatte, machte ich bewun-dernde Worte darüber, daß Buz das Werk schon so lange spielt. Es begleitet ihn bereits sein ganzes Geigerleben über, und klingt doch stets frisch und so, als sei es eben erst nur für ihn komponiert worden.

Die Geige lag bereits wieder auf dem Flügel, doch in unserem Inneren war die Musik noch nicht verstummt, als wir uns als Sonntagsfamilie zum Essen niedersetzten.

Es gab leuchtend güldene Gnoccis und Spargel, und Rehlein war, gelinde gesagt, etwas entsetzt von Buzen, daß er einfach so, wie ein Scheunendrescher los aß, ohne nach links und rechts zu blicken, ob es seinen Lieben wohl auch munde?

Ming referierte darüber, wie es sei, wenn zwei unterschiedliche Charaktere miteinander musizieren.

Einmal habe eine Sängerin gesungen, und ging überhaupt nicht auf das Tempo ein, das Ming angeschlagen hatte.

Rehlein krisch kurz auf, da Buz beim Teller-abschlecken etwas geschmolzene Butter auf seinen Pullover hat tropfen lassen.

Nach der sehr bekömmlichen Mahlzeit beharrte Ming darauf, mit Buzen die Sonate weiterzuspielen, und ich bestaunte Ming, daß er so aktiv den Blick dem Kreativen zugewandt hat. Aber vielleicht wollte Ming auch Zeit für die Liebe zusammenraffen, und die nötige Arbeit mit Buzen so schnell als möglich über die Bühne bringen?

Jetzt jedenfalls spielten Ming & Buz jenes zündende Werk von Skalkottas, das womöglich auch in der Disco bei der Jugend gut ankäme?

Nach der Arbeit zwängte sich Ming in seine Trainingshose, in der seine bezaubernde schlanke Figur so gut zur Geltung kommt.

„Du wärst bestimmt auch ein toller Schwuler geworden!" sagte ich lachend, weil Ming so hübsch aussah, und Ming meinte unbekümmert, daß er doch viele Jahre lang ein Hobby-Schwuler gewesen sei, indem er mit einem Kommilitonen sogar bis nach Amerika gereist ist.

Mittags war ich gar nicht mehr müd. Ich hatte mich in einen Arbeitskreislauf hineingeschmiegt, und einmal rief ich Rehlein zu, daß ich soeben ausgelost habe, mich in der Stadt zu amüsieren.

„Aber das passt mir jetzt überhaupt nicht!" sagte ich, so als habe ich streng die Führung über mein eigenes Treiben übernommen. Stattdessen übte ich auf stramme Weise mein Freitagsprogramm.

Später machte mir Rehlein ein Kompliment: Daß ich den dritten Satz von Bachs C-Dur Sonate so wunderschön gespielt habe. Darüber war ich sehr froh, denn dies hätte fürwahr auch anders kommen können. Ebensogut hätte Rehlein auch kränkende oder zumindest belehrende Worte machen können: Daß sie metrisch so manches nicht verstünde!

Abends fuhren Buz und ich in den Egelser Forst. Das Wetter, zwar wunderschön anzusehen, war leider etwas kühl geworden, und windig war es auch.

Wir genossen den Anblick der Allee mit den grünspanigen Baumstämmen so sehr.

Buz philosophierte über das Leben, und meinte, daß es seiner Meinung nach viele andere Planeten wie die Erde gäbe, auf der sich menschenartige Gebilde umeinandertreiben.

Schön wär´s!

Wir liefen bis zum Eselsgärtchen, um unsere liebgewordenen vierbeinigen Freunde zu begrüßen.

Doch das schöne Wetter schien den Eseln Flügel verliehen zu haben. Sie waren ausgeflogen. Das Gärtchen stand leer.

Unglaublich war, daß es heut so lange hell blieb. Wir wanderten und wanderten, und es blieb immer hell.

Daheim hatte Rehlein bereits das Abendessen gerichtet.

Buz und Ming musizierten noch ihre Brahms-Sonate, und nachdem das Werk verklungen war, ließ Buz seinen Arm wie einen Propeller kreisen, da er an einer chronisch zu werden drohenden Schulter-verspannung laborierte.

Beim Abendessen frug ich Ming, ob er die Gerswind noch liebe?

„Lieben??" sagte Ming mit fragendem Unterton.

Es klang wie damals, oder zumindest so, wie es in meinen Ohren tönte, als mir die Omi die Geschich-te vom jungen Eberhard erzählt hat, der auf die Frage, ob er eine alte Freundin, die ebenfalls „Uschi" hieß noch liebe, gesagt habe:

„Uschi?"

Ming vermag es nach all den Jahren gar nicht mehr so genau zu sagen. Für das Lindalein jedoch sind seine Gefühle noch nicht erkaltet, und über die Luisa sagte er, etwas schwer zu deuten, sie sei sehr liebens-wert.

Rehlein erzählte, daß sie die Julia sehr gern habe, „und wenn sie sich noch ein bißchen herzlicher verabschieden würde…" fügte Rehlein verschmitzt hintan, denn das Julchen verschwindet meist einfach so – oder aber es macht sich dünne, bzw. unsichtbar.

Samstag, 19. April

Hellgrau. Dann z.T. diesig sonnig und etwas kühl

Am Morgen hatte Ming schwiegersohnsgemäß bereits bei den Müllers gefrühstückt, so daß es ganz und gar danach aussah, als würde auf uns ein Frühstück auf Klavierlärmbasis warten.

Rehlein wunderte sich, daß sie in der Wäschesuppe nur einen einzigen Damenstrumpf gefunden hatte, und sagte: „Darf ich´s mal sagen? Duuuu und der Wolf…." und ich wiederum bekräftigte, wenn auch in nettem Tonfall, daß mich dieser Satz so rasend stimmen würde, daß ich – wäre ich ein boshaftes Frauenzimmer wie das Uschilein - alles kurz und klein schlagen würde.

„Du und der Wolf", sagte Ming nett, „seid ganz tolle Geiger!"

Nach einer Weile entzündete sich an einer einzelnen Note eine Fachzwistelei zwischen Vater und Sohn. Diese eine Note wünschte der feinsinnige Ming in einer anderen Farbschattierung zu hören. Doch Buz wurde davon uneinsichtig und schäumte ein wenig herum. Es ging hin und her, und Rehlein aus der Küche wiederum insistierte, daß man die Türe zumachen möge, weil sie den Zwist nicht hören wolle.

Der Hans-Jürgen hatte uns in seine neue Wohnung eingeladen, und ich freute mich riesig darauf, da ich packende Seifenoperngeschichten erwartete.

Gegen 17 Uhr fuhren wir ab.

Im Auto erzählte ich vom Geigenbauermeister T., mit dem ich gestern telefoniert hatte, und dem die aus der Zeitung destillierte Frau, die ihm bereits am Angelhaken hing, leider doch wieder abgehupft ist. Einmal ins Mutmaßen geraten, mutmaßte ich weiter:

Dies könne jedoch daran liegen, daß der T. immer so angestrengt drauf schaut, wie teuer etwas ist. Es handelt sich um einen Sparefuchs, und dies sei nichts für eine Frau, die sich doch danach sehnt, verwöhnt und mit Geschenken überschüttet zu werden.

Wir fuhren durch äußerst reizvolle Gegenden, gepflegte Straßen mit malerischen Villen, in denen gehobene und feine Leute leben, und schon anhand der parkenden Autos ließ sich erahnen, daß der Hans- Jürgen sehr viel Besuch hatte.

Das neue Haus, in das der gehörnte Ehemann gezogen ist, gefällt mir teilweise recht gut. Besonders die geschmackvoll verstrebten Fenster sind ganz nach meinem Geschmack. Die Zimmer wiederum wären mir ein wenig zu niedrig, und auch wenn ich im Auto spaßeshalber mit der Idee gespielt hatte, daß neben dem Geigenbauermeister T. nun auch der Lehrer Hans-Jürgen wieder frei sei, so muß ich nun sagen, daß der Hans-Jürgen doch nicht der richtige Kandidat für mich scheint. Nach fast jedem Satz sagt er fahrig „Biddö?!?" und außerdem hat er gänzlich andere Interessen als ich.

Fußball, Homöopathie und Zen-Buddhismus bei- spielsweise.

Zunächst saßen wir an dem großen Holztisch in der Küche, und der Hans-Jürgen erzählte, daß sein jüngster Sohn Uwe einfach entführt wurde. Jetzt ist ihm noch sein mittlerer Sohn Elvis geblieben, mit dem er sich bestens versteht.

Zu Gast war auch eine raumeinnehmende Dame mit blecherner Stimme, die mir von einer alten Hochzeitsfotografie her vertraut war. Offenbar handelte es sich um die Trauzeugin von Hans-Jürgen und Ruth, und nun stand man gemeinsam und in Verbundenheit ganz bestürzt vor den Trümmern der einst so freudig traubezeugten Ehe.

Aus den Trümmern war nun ein neues Heim und ein neues Kapitel im Leben erwachsen.

„Schau *mich* an, Hans-Jürgen!" rief die Dame mit einem liebevoll tröstenden Lächeln solcherart, als wolle sie ein Sacktuch zur Hand nehmen, um ihrem Gegenüber ein paar Tränchen aus dem Gesicht zu tupfen, und drückte den Gastgeber kurz an ihren weichen Busen.

Über ein Ehegespann, das mit dem Sektglas in der Hand plaudernd inmitten eines Plaudergrüppchens stand, erfuhr ich, daß es aus ihrem Exmann und der Neuen an seiner Seite bestehe, die durch größten Zufall ebenfalls Brigitte heißt.

Buz, dem das Ehepaar noch in seiner Urform vertraut war, hatte zu Begrüßungsbeginn unbeabsichtigt taktlos gemeint, die Neue an der Seite vom „Bernd" sei womöglich die Tochter?

Doch Rehlein wetzte den Fehler taktvoll wieder aus, indem sie schelmisch meinte, daß man in diesem Falle aber sehr früh mit der Vermehrung losgelegt habe?

In einer Ecke hing eine kleine Kamera, und ich scherzte, daß man geblitzt würde, wenn man sich nicht nett genug benähme. Doch in Wirklichkeit fühlte ich mich leicht gelangweilt und fehl am Platze. Hinter dem Hause wurde ein Osterfeuer entfacht, und ich hoffte, daß ich aus der Wärme und der daraus resultierenden Illusion, mich in Afrika zu befinden, neuen Lebensmut schöpfen könne. Doch stattdessen fühlte ich mich wie eine Fruchtschnitte aus dem Reformhaus (Nuß/Marzipan, braun und weiß) vorne heiß und hinten kalt.

Ich versuchte, mich so zu fühlen wie auf einem Kreuzfahrtschiff, und stellte mir vor, daß ich nun zehn Wochen mit den Anwesenden verbringen müsse. Und so begann ich jetzt schon damit, Freundschaften zu schließen. Hinter jedem der Gäste schien sich ein Roman zu verbergen.

Frau Beckum erzählte, daß sie ein Zwilling sei, und zwar in doppelter Hinsicht: Nicht nur im Sternbild – nein, sogar als Mensch, und irgendwo gäbe es noch so ein Exemplar! lachte sie, und wenig später erfand ich einen Schüttelreim:
„Man sah ihn zu der Therme wanken.
Er wollte halt noch Wärme tanken".

Der Exmann von der raumfüllenden Dame war so emsig. Ständig schleppte er Äste und Zweige herbei, und ich wiederum hoffte, das Feuer möge endlich mal verglimmen, weil man nur so rumstand. Doch der zirka 70-jährige Herr rechte immer mehr Stroh zusammen, und warf es in die Glut.

Buz beblökte ein Schaf, das im Nachbarsgarten stand – hoffend, daß sein Geblöke dem Schaf irgendetwas erzählen würde, das er selber leider nicht verstand.

Der Hans-Jürgen hatte mittlerweile Würsteln gegrillt, und ich schlug vor, „Reise nach Jerusalem" zu spielen, da es vielleicht genau ein Würstchen zu wenig sei?

Der 14-jährige bebrillte Hanno spielte Beethovens 5. Klavierkonzert, wenn auch stümperhaft, auf dem Klaviere, und ich saß dazu neben Buz auf dem Sofa, und wurde von einem süßen Schlummer erfasst.

Sonntag, 20. April

Morgens feuchtgrau. Tagsüber oftmals sonnig

Heut träumte ich, daß ich mit *Herrn Großmann ein vorläufiges Quartier in einer grünspanig-modrigen Villa mitten im Walde bezog. Die moosgrün getönten dinohaxerlnartigen Baumstämme, inmitten derer unsere neue Behausung stand, wurden warm und intensiv von der Nachmittagssonne beleuchtet, und wenn man 24 Minuten lang geradeaus durch den Wald lief, gelangte man zu Omis schlichtem Mietshaus auf dem Burgberg in Grebenstein.*

Die Omi wußte noch gar nicht, daß ich dermaßen in die Nähe gerückt war, und Besuche nun bald an der Tagesordnung wären.

Beständig rechnete ich herum, wie ich zur Omi laufe, sie und ihre Zugehfee Frau Wies 35 Minuten lang besuche, und wieder heimkehre, und wann ich dann wohl Violine übe, oder ins Tagebuch schreiben solle?

Während ich noch herumrechnete, knarrte es in den Dielen, und Herr Großmann kehrte von der Arbeit zurück. Im Traume arbeitete er als Gabelstaplerfahrer für eine Supermarktskette in der nahe gelegenen Kreisstadt Öffingen.

Ich hatte gemeint, mich am Vortag klar ausgedrückt zu haben, und meinem neuen WG-Kumpanen gesagt, daß wir heut in den frühen Abendstunden, wenn der Tagesrest am allerzauberischsten beleuchtet ist, auf dem Marktplatz die Sonate von Carl Philipp Emanuel Bach spielen sollten, um damit ein Zeichen für den Frieden zu setzen. Handzettel hatte ich bereits in der ganzen Stadt verteilt.

Doch nun sah Herr Großmann mit einemmale unerhört töricht aus. Die schräg in die Höhe gezogene Oberlippe entblößte drei leicht vergilbte Zähne, und schien zudem das Nasenloch darüber um einen ganzen Zentimeter in die Höhe verschoben, und hinzu in die Breite gebläht zu haben. Ein Gesichtsausdruck, der besagen sollte, daß er aus allen Wolken falle.

„Das hast du mir nicht gesagt!" gab er sich beharrend, und trug die ganze Zeit einen höchst provozierenden, verwunderten Ausdruck auf dem Gesicht.

Im wahren Leben loste ich aus, eine ganze Schulstunde (45 Minuten) lang Briefe zu schreiben, und kurz vor dem Briefende eines Briefes ans Lindalein trommelte mich Buz zum Bach-Doppelkonzertspiel herbei. Auf nette Weise folgte ich dem väterlichen Ruf, und zuerst spielten wir zwiefach den letzten Satz. Zum zweiten Satz luden wir Rehlein zum Mitspielen am Klavier ein, so daß eine Frage, die mir hie und da gestellt wird, ganz plötzlich, so quasi von alleine beantwortet wurde: „Kommt es wohl gelegentlich vor, daß innerhalb der Familie Hausmusik betrieben wird?"

Durchs Fenster sah man Ming herbeiradeln, und wenig später, als Rehlein sich um die letzten Küchenfinessen verdient machte, musizierte Ming das Werk mit uns auf hochprofessioneller Ebene.

Als Rehlein davon sprach, daß sie mit dem Obstsalat noch nicht fertig geworden sei, sagte Buz so süß, und betont beiläufig, wie die 7-jährige Daaje:

„Macht nichts. Essen wir ein kleines Eis danach!" Auf rührende Weise wirkte es so, als wolle er Rehlein mit diesem Vorschlag entlasten.

Der Friedel rief aus Süddeutschland an, um uns seinen ersten Ferientag mit seiner neuen Freundin Rosa zu schildern. Sie besuchten Rosas Elternhaus in Villingen, und die Eltern seien „nett", erfuhr ich.

Eine Beschreibung, mit denen auch Mings neue Schwiegereltern gelegentlich bedacht werden, und auch wenn es heißt, der Ton mache die Musik, so scheint mir das Wörtchen „nett" ein wenig zu kurz, um es mit passenden Nuancen zu durchtränken, so daß ich letztendlich nur ein unscharfes Bildnis der Netten mit mir herumtrage.

Sagt man über einen Pianisten, er spiele nett, so kommt dies einer Beleidigung gleich.

Eigentlich wollte der Friedel nach Südfrankreich reisen, doch dort regnet´s, und nun frug der Friedel höflich, ob man vielleicht eine Weile lang in Ofenbach residieren dürfe? Einen kleinen   Sparurlaub? Ob dies auch in Rosas Sinne ist?

Rehlein als Tante erlaubte es ihnen nett.

Im warmen Nachmittagssonnenschein fuhr ich mit meinen Eltern zum Upsdalsboom, und erinnerte mich an meinen nächtlichen Traum. Ich stellte mir bildhaft vor, wie ich von dort aus in nur 24 Minuten zur Omi laufe.

Beim Upsdalsboom handelt es sich um einen tobleronen- sprich, bergförmigen Stein. Einen markanten Ausgangspunkt, von dem aus man in eine beliebige Himmelrichtung hinwegwandern kann.

Beim Anblick des Steines tritt mir stets eine Tobleronentafel in den Sinn, dieweil dies Omis Stammschokolade war.

Sehnsucht nach der Vergangenheit umhüllte mich, und ich dachte an die schönen Zeiten mit der Omi, als sie noch jung war, und allmorgendlich zum Bahnhof hurteln mußte, um den Frühzug nach Kassel zu erwischen.

Abends brachte die Omi dann eine prall gefüllte Tasche nachhause. Bis zum Rande befüllt mit schönen Dingen aus der Weltstadt Kassel: Toblerone, After eight und jede Menge packender Illustrierter, in denen die unglaublichsten Dinge geschrieben standen.

Wir liefen auf einem Deich am Wasser entlang, und sprachen über Ruth und Hans-Jürgen. Aus unseren Gesprächen, Mutmaßungen und Psychologaten kristallisierte sich bald schon eine packende Geschichte heraus, die der magischen Feder eines William Sommerset-Maugham hätte entstammt sein können. Die Keimzelle barg den Kern: Guter Mann, böse Frau.

Aus dieser Keimzelle entwob sich folgender Roman, den niederzuschreiben man sich mal die Zeit nehmen möge: Ein aufrichtiger, feiner Mann von edlem Geblüte verfällt einer bösen Frau, die ihre Schamlosigkeit und Bosheit so lange unter einer

Tarnkappe zu verbergen versteht, bis sie in den heiligen Stand der Ehe eingetreten ist. Dann erst enthüllt sie ihre wahre Persönlichkeit und macht dem braven Mann das Leben zur Hölle. Wie oft muß man dererlei lesen oder hören!

Einmal bekam Rehlein Angst, da einer Schafsherde am Wegesrand ein Schafsbock beigemischt war. Buz war allerdings kühn, setzte einen furchterregenden* Blick auf, und mochte nicht auf Rehleins Warnungen hören. Und tatsächlich: Der Schafsbock zog den Schwanz ein, und türmte.

*Jeder Mensch, der Buz näher kennt, weiß, daß Buz ein so guter Mensch ist, daß er überhaupt keinen furchterregenden Blick aufsetzen kann. Doch dem Schafsbock schien der eher lustige Blick (wie von Wilhelm Busch gezeichnet) Respekt eingeflößt zu haben

Buz schaute triumphierend zu uns her. Es war wie bei uns Menschen: Nur eine ganz mutige reife Schafsomi beblökte uns erbost.

Wir bogen rechts auf einen gepflasterten Pfad ab, und die Rede kam auf ein Lieblingsthema Buzens:

Ob die Gloria nun hübsch sei oder nicht?

Rehlein findet die Gloria nicht so ganz hübsch. Zwar habe sie eine wunderschöne Figur, und sähe stets wie aus dem Ei gepellt aus, aber andererseits habe sie oftmals einen leicht irren Ausdruck hysterischer Seligkeit im Gesicht. An ein Sekten-mitglied erinnernd, das vom Heiligen Geist durchzuckt wird – zumindest wenn sie mit Rehlein kommuniziert.

Eine Dame mit einem Kleinkind in einem Körbchen an der Radstange radelte uns entgegen:

„Das gibt´s doch nicht!" rief sie uns enthusiastisch zu.

Es handelte sich um Rehleins Schwiegerschülerin Rebekka mit ihrem süßen kleinen Baby „Swantje", zehn Monate alt. Ich fand das blonde Baby mit den Pausbacken und den possierlichen Füßchen so bezaubernd, und griff beständig gerührt nach den gepolsterten Händchen. Das Baby musterte uns freundlich und interessiert.

Wir liefen weiter, und durchquerten Vorortsiedlungen, in denen freundliche Häuser mit gepflegten Gärtchen in Eintracht und Frieden nebeneinander standen.

Beinah hätten wir uns verlaufen, wenn Rehlein nicht den Mut gebündelt hätte, einen Gartenbesitzer nach dem Upsdalsboom zu fragen. Im Hintergrund sah man gar ein Schaf auf dem Grase liegen.

Bald kamen wir an jene waldige Stelle, wo man den Upsdalsboom hinter den Büschen bereits erahnen konnte.

Am frühen Abend wurde Rehleins köstlicher Joghurt-Zitronen-Kastenkuchen serviert, und auch Ming war als Teegast erschienen.

Wir freuten uns unglaublich darüber, den halbverlorenen Sohn und Bruder zu genießen, aber was dem Einen Gemütlichkeit, ist dem Anderen Untätigkeit, und so pochte Ming schon allzubald streng darauf, mit der Probenarbeit loszulegen.

Ihn zog es zum Flügel, und er wollte so schnell wie möglich mit der Arbeit an der Franck-Sonate anheben, dieweil es den Stringenten auch wieder zu seiner neuen Liebe zog.

Alsbald füllten göttliche Klänge unser Heim.

Ostermontag, 21. April

Leuchtend sonnig

Die Sonne küsste mich wach, und auf meine Träume konnte ich mich kaum noch rückbesinnen. Ich weiß nur noch, daß ich *in den Spiegel schaute, und mich frug, ob´s wohl sein könne, daß meine Nase größer und länger wird? Sie erinnerte mich an die Nase von der Tante Irma in Kiel, und den Gedanken, Irmas Nase im Gesicht mit mir herumzutragen fand ich gar nicht schlecht.*

Am Morgen versteckte uns Rehlein fünf höchst künstlerisch gestaltete Ostereier im Eßzimmer, so daß uns allen ein Ostervergnügen zuteil wurde. In Buzen wurde gar der Spieltrieb geweckt, und Buz versteckte uns auch ein Ei, wobei man sagen muß, daß Buz dabei mehr Glück als Verstand hatte. Buz stopfte es nämlich in die silberne Metallröhre von unserem Lampenschirm, und es hätte leicht passieren können, daß es durchgerutscht wäre, und wir es nie mehr gefunden hätten?

Beim Frühstück sprachen wir wieder über das Ehedrama von Ruth und Hans-Jürgen, und Bannkraft des Themas zum Hohne, wurde Buz viel zu oft vom Telefon hinweggesogen, und rechnete jedesmal damit, daß es der Mann von der Swetlana sei, mit dem Buz G´schäfterln aushandeln wollte.

Somit werden alle Gespräche mit diesem Herrn in Rondoform abgehalten, und dauern stets ganz lang.

Doch jedes Mal war es jemand anderes:

Einmal war´s der Wembo, der schon bald nach der Erörtung des Wohlergehens die Rede darauf schwenkte, daß man vielleicht doch nicht nach China reisen solle – wegen SARS! Seine zutiefst besorgten Eltern hätten händeringend davon abgeraten.

Buzens große Vorfreude auf die Reise verblubberte im Nichts, und das Freiatmen vom Herrn Gemahl, auf das sich Rehlein wiederum schon so gefreut hatte, war in weite Ferne gerückt, und man wußte gar nicht so recht, wie man emotional damit umgehen solle?

Im Treppenhaus hörte man Rehlein halblaut sagen: „Ich glaub, ich halt das nicht aus – wenn der immer hier ist!"

Buz wiederum ist ein Herr, der sich nicht so leicht verdrießen lässt, und somit ließ er sich seinen frischen Mut nicht nehmen, und sog Kraft aus der Vorstellung, daß man die Reise sofort nachholen würde, sobald die Seuche sich verflüchtigt hat. Bis dahin wolle er die Werke so gut geübt haben, daß den Chinesen vor Staunen der Hut hoch geht.

Rehlein wünschte sich einen ganz langen Spaziergang. Zuerst bockte ich ein wenig, da ich lieber fleißig bin, und etwas bewegen möchte, doch dann gefiel mir der Gedanke an einen ganz langen Spaziergang mit Rehlein doch.

Wir marschierten los, und Rehlein mußte sich zunächst ein wenig Luft machen, und sprach über das Thema ihres Lebens: Buz!

Was er ein Leben lang immer für große Töne gespuckt habe: Wie er dirigieren lernen wollte! „Doch im Liegen kann man nicht dirigieren lernen!" sagte Rehlein, und zu diesen Worten assoziierte man den gemütlichen Buz mit übereinandergeschlagenen Beinen auf dem Bette liegend einen Krimi lesend.

Die Themen machten mich müde und traurig, und ich fühlte mich wie mein koreanischer Nachbar in Trossingen, als er zum drittenmale durch die Musikgeschichtsprüfung gefallen war, und elendsabdämpfende Vormittagsspaziergänge unternehmen mußte, weil man – seiner Träume beraubt – mit einemmale so ziellos durchs Leben geweht wird, wie ein Stückchen Papier, worauf vielleicht die Telefonnummer eines Verstorbenen steht, und das somit nicht mehr gebraucht wird.

So allmählich kamen wir in schöne Gegenden, die ich noch gar nicht gekannt habe. Zum Beispiel durch einsame Alleen. Dort wandert man gleich viel lieber, als durch Vorortsiedlungen, wo man sich angesichts fleißiger Anwohner so müßiggängerisch fühlen muß.

Auch unsere Themen wurden ganz von alleine bannender. Ich sprach davon, daß wir noch ganz lange weiterlaufen sollten: Sieben Kilometer, um Frau Münch und ihren süßen Hund zu besuchen, dieweil man es sich gut vorstellen könnte, daß sich Frau Münch in Erhoffung lieber Ostergäste einen

Osterkuchen in Form eines Lamms gebacken haben könnte?

Rehlein sprach davon, daß ich *junge* Leute besuchen müsse, doch mir fielen gar keine ein, denn fast alle, die man kannte sind mittlerweile alt!

Ich sprach über die Großmanns, die sich Frau Münch als Gast eingeladen haben, und dem Besuch vielleicht regelrecht entgegenfiebern, weil die alte Dame ein Anker im Leben der jungen Leute ist.

Die stille Allee durch die wir liefen war so schön, doch dann kamen wir an eine Stelle, wo es einfach nicht mehr weiterging.

„Vorsicht, Bienen!" stand neben einem Bienenkorb zu lesen, und dann hatte ich großes Glück, und fand im Grase einen Kugelschreiber.

Rehlein erzählte, wie der Opa schlau war, und damals im Kriege statt nach Danzig, wo man ihn hinversetzen wollte, mit seiner Familie kurzerhand an den Bodensee flüchtete.

Sogar an Spielzeug für die Kinder hatte der Opa, der mit ganzem Herzen Vater war, gedacht.

Er kam nach Hause und sagte: „Mutti, pack das Nötigste ein. Wir ziehen an den Bodensee!" Und dann packte er eigenhändig einen Koffer mit Spielsachen, während die Mutti eher an das kostbare Geschirr und dererlei dachte.

Daheim schrieb ich einen verspäteten Geburtstagsbrief an meinen Freund Christian Scholz, und zu meiner Überraschung bekam ich davon einen Energieschub, mit dem ich gar nicht gerechnet hatte.

Gleich zu Briefbeginn schrieb ich ein Wort in Überlänge:

„Glückwunschbezeugungsbestrebungen" – mit denen ich wohl sehr hinterherhinke, und daß mich dieses lange Wort an eine Riesenschlange erinnern würde, die ich unlängst im Zirkus kennengelernt habe. Dann schrieb ich über meine Müdigkeit, die sich einfach nicht abschütteln lässt. Schon morgens erwache ich müd, und dann geht´s so zu, wie in dem Gedicht vom Opa.

„Lacht froh die Sonn´ mir ins Gesicht.
Die Müdigkeit verlässt mich nicht!"

Bald darauf wurde das Mittagessen serviert.

Reste von gestern: Gelber Reis mit violetten Böhnchen und Möhrengemüse.

Und auch Ming ließ sich blicken.

Die Julia, die heute nach Leipzig reisen wollte um ihr Studium fortzusetzen, war typischerweise (Mobbl in mir spricht) noch nicht weg, doch der süße Ming sagte so entwaffnend: „Wenn ich das Julchen auf den Bahnhof gebracht habe, gehöre ich wieder Euch ganz allein!"

Buz war heut sehr mit dem „Musikalischen Sommer" beschäftigt, und involvierte mich so rührend in seine musikalische Menüplanung.

Rehlein erzählte von Herrn Kruse, jenem Herrn, der die Bauleitung für unseren Neubau übernehmen sollte. Am Mittwoch habe er erzählt, daß seine 46-jährige Ehefrau todkrank sei, und einen Tag später ist sie dann auch schon gestorben. (Leberkrebs)

Wir spazierten durch den Ihlower Forst, und einmal trauten wir unseren Augen nicht: Auf einem Pferd saß Frau Münch, die hinter einer anderen Dame daher ritt. Höflich und gekonnt brachten die Damen die Gäule extra uns zur Huld zum Stillstand.

„Wo haben Sie denn dieses Roß gestohlen?" frug Buz in einem für ihn gänzlich untypischen Humore, und hinzu etwas pubertär und dreist, dieweil Frau Münch leider eine albernheitstreibende Wirkung auf ihn hat.

„Sie hat nur ihren Hund aufgepumpt!" scherzte die andere Dame etwas lachhaft, und doch brachen wir alle in höflich-verbindendes wieherndes Gelächter aus.

Beim Weiterlaufen nagelte Rehlein Buz auf belehrende Weise ein bißchen darauf fest, daß sein Scherz blöd und kränkend gewesen sei.

Auf dem Heimweg sahen wir die beiden Damen auf Rössern erneut. Ich stellte mir schon vor, *wie sie bei sich denken: „Oh, bitte nicht schon wieder!" Und wie Buz und Rehlein jetzt so tun könnten, als würden sie sich wegen dem gefallenen, und nicht mehr aufklaubbaren Scherz wahnwitzig zoffen.*

„Wenn Sie wüssten, was die Franziska sich da alles ausgedacht hat!?" rief das stolze Rehlein so süß hinüber.

Abends schauten wir Senta Bergers Sendung „Klassisch!" an.

Ein aufstrebender Geiger von eitlem Wesen interpretierte das Rondo Capriccioso von Saint-

Saëns, und Ming meinte hernach, es habe ihn an jemanden erinnert, der einen anderen Geiger nachäfft: „…hat grauenvoll gespielt - etwa so…"

Ich beplapperte Ming noch darüber, welch reizvolle Aufgabe es sei, einen simplen Groschenroman in Weltliteratur umzuarbeiten.

Dienstag, 22. April

Auf leicht stickige Art sonnig.
Mittags zuweilen leichte Wolkenüberzüge

Am Morgen befreundete ich mich mit dem Schankstubenfräulein Rita, indem ich plauderfreudig frug, wie der Kindergeburtstag wohl gewesen sei, damit die Rita sieht, daß ich Anteil an ihrem Leben nehme.

Ich erfuhr, daß er ganz langweilig gewesen sei, und wunderte mich ein wenig, da ich der Meinung war, daß Kindergeburtstage im Allgemeinen doch deutlich interessanter sind als Erwachsenen-geburtstage, wo man nur herumsitzt und sich vollstopft und vollaufen lässt?

Dann las ich in der Zeitung, daß Schumis Mutti, 55-jährig, gestorben sei, und konnte es nicht glauben. Der Schumi und auch sein Bruder Ralf startete jedoch trotzdem beim großen Preis von Monti, und der Schumi siegte gar.

Einmal betrat ein seltsamer, neurotischer und mürrischer Mann wie Klaus Kinski die Schankstube, und verlangte Brötchen. Es gab aber keine.

„Und??" frug er verständnislos und leicht bedroh-
lich.

„Nix „und?!?!!". Es gibt keine!" sagte die Rita ärger-
lich.

Dann wandte sie sich vertraulich an mich und
erzählte, daß dies ihr ganz persönlicher „Freund" sei.
(Triefend vor Hohn gesprochen). Einmal habe er
den Laden gestürmt, nachdem er für zwanzig Mark
und fünf Pfennige getankt hatte. Er knallte aber nur
einen Zwanzigmarkschein hin. Die Rita bestand
jedoch auf ihre fünf Pfennige, denn wenn ihr ein
Jeder so käme, so wäre sie doch wohl bald arm wie
eine Kirchenmaus?

Da schmetterte ihr der unheimliche Fremde, der
auch auf einem Fahndungsplakat eine gute Figur
abgeben würde, einen Hundertmarkschein hin und
motzte herum, weil sie ihm so viel Kleingeld
herausgab.

Zu dieser packenden Erzählung erschien auch
schon der Stammtischbruder Jens-Peter, und die Rita
erzählte ihm sehr verbindend und nett die ebige
Brötchengeschichte als ganz und gar unglaubliches
Empörikum.

„Und?!?!!" äffte sie den Fremden so grenzdebil wie
irgend möglich nach, und zog dazu ein dümmliches
Gesicht, dem man am liebsten mit einer schallenden
Ohrfeige beikäme.

Der Jens-Peter zwirbelte sich seine obligate
Morgenzigarette zurecht, stopfte die in den Mund
und blickte in tumbem Interesse auf die vollbusige
Thekendame drauf.

Die Schwiegereltern hatten Ming einen Schoko-
ladenkäfer geschenkt, der jetzt bei uns daheim auf
dem Tisch stand. Theoretisch hätte ich mit Ming
frühstücken können, da Ming seit heute ein freier
Mann ist, und unsere Eltern immer so lange
brauchen, bis sie endlich zu Tische sitzen. Rehlein
daltonsyndrom- und Buz trödeleienbedingt, während
Ming eine große, fast amerikanisch anmutende
Stringenz auszuströmen pflegt, und sich gleich
tatkräftig ein Müsli zurecht rührte.

Dann erlebte ich eine Freude:
Uns ereilte ein Anruf aus Heiligenrode/Stuhr, und
die Frau am anderen Ende der Leitung war sehr
freundlich, und offerierte mir ein Konzert am 30.
Mai. Ein Datum, das angeschmiegt an das Konzert

in Bassum wie angegossen passte. Die Frau frug sogar, ob sie meine Zeichnung auf die Einladungen draufkopieren, und ob sie nach dem Konzert einen kleinen Sekt- und Weinempfang geben dürfe?

Um zehn Uhr begann ich mit meiner Karrieretätigkeit, doch es war ein bißchen schwierig, da Buz beständig ratlos um das Telefon herumschlich – nicht wissend, wo der Hebel der Tätigkeiten, die einen schier erschlagen möchten, anzusetzen sei?

Dann wiederum entschwand Buz in die „Ostfriesische Landschaft", und Ming nebenan donnerte laut und dröhnend auf dem Klavier.

Kaum hatte Buz das Haus verlassen, da rief er auch schon an und bat mich höflich, ob ich ihm wohl sein silbernes Elektronotizbüchlein in die Landschaft bringen könne?

Dadurch, daß es Buz war, hab ich es gern gemacht, und radelte augenblicklich diensteifrig los.

Im Treppenhaus der Landschaft begrüßte ich den Manager Thomas H. mit einer innigen Umarmung, so daß der Landschaftssekretär Dirk vielleicht schon Angst bekam, er müsse dererlei auch über sich ergehen lassen? Etwas, mit dem ein derart grobklötzernes nordisches Naturell doch überhaupt nicht umgehen könnte!

Von SARS-Furcht erfasst rief der gesundheitsbewusste Ming im Auswärtigen Amt an, doch dort konnte man ihm die Chinareise nicht empfehlen.

Es könne beispielsweise passieren, daß man 14 Tage lang in Quarantäne genommen wird, wenn sich herausstellen sollte, daß ein Erkrankter im Flugzeug saß?

Als ich später in meinem Sportkostüm in den Klub strebte, sah ich meine Tüchtigkeitspatronin Stephanie endlich mal aus der Nähe, dieweil sie ihr kleines schwarzes Auto mit den vielen Kippen im Aschenbecher direkt vor unserem Haus geparkt hielt. Sie setzte ein sehr nettes, fast plakatives Lächeln auf, und man sah, daß ihr Gesicht vom Osterurlaub ganz rotgebraten war.

Beim Weiterradeln schüttelte ich an einem Schüttling auf „rotgebraten" herum:

Ein Bäckerschüttling, wenn man so will:

Die Glatze heiß, die war ihm rot gebraten,

es rann der Schweiß herab, und ist ins Brot geraten!

Abends sah man die Möllers von gegenüber aus dem Urlaub in Norwegen zurückkehren.

„…bis auf´s Blut zerstritten!" machte ich in Rehleins Aura gleich einen kleinen Roman daraus.

Ming war lange aushäusig, und später erfuhren wir, daß er bei den Schwiegereltern mit der Julia gechättet hatte.

Nachdem das letzte Wort gesprochen war, kehrte er allerdings heim, und wir setzten uns zum Abendessen nieder.

Ming legte die Suite von Rachmaninoff - interpretiert von Martha Argerich und Nelson Freire - ein, doch ich empfand die beiden Interpreten als fremd, und es hatte mir viel besser gefallen, als Ming das Werk alleine gespielt hat.

Rehlein hatte den Hagebuttentee mit irgendetwas gesüßt, so daß er jetzt unglaublich mundete. Er erinnerte an den köstlichen Tee, den Mobbl zu unserer Kindheit zum Abendessen zu servieren pflegte, und der so gut mit Zucker befüllt war, daß er *richtig* gut schmeckte.

Nach dem Abendessen betrieb Buz Katsugen-Undo, eine japanische Wundergymnastik, auf die er schwört, um Alter und Versteifung, bzw. Vermorschung entgegenzuwirken, und ich quietschte dazu mit der Türe, so daß man hätte meinen können, es seien Buzens eingerostete Knochen, die da so quietschen?

Als ich die Treppe hinauflief, fotografierte mich Rehlein einfach so, und sagte nett: „So was Süßes!"

Mittwoch, 23. April

Schön sonnig

Zu Mings Klaviergedonner deckte ich etwas dröge, aber auch gefangen im Daltonsyndrom die Frühstückstafel. (Man deckt und deckt, und alles was man braucht, fehlt irgendwie doch: „Wir brauchen noch Butter! Wir brauchen noch Messer!")

Der süße Buz langte nach einer Biobrötchenhälfte, und frug reihum, wer´s wohl haben wolle? Das fand ich so nett, und so plauderten wir ein wenig darüber, daß das im Grunde eine unglaubliche Nettigkeit sei, daß Buz immer erst an die Anderen denkt, und sich selber hinten anstellt.

Um auf die Kraft der Positivität hinzuweisen sprach ich davon, daß ich jetzt für uns alle Nettigkeitslisten anlegen würde. Für jede Nettigkeit gäb´s Punkte, und für zehn Punkte gäb´s einen gelben Punkt. Und für zehn gelbe Punkte gibt´s ein Geschenk!

Am Vormittag kam Frau Hildegard Schinke in die Bratschenstunde und hatte netterweise sogar an Buzens Geburtstag gedacht, indem sie nun eine Flasche Wein für den vermeintlichen Genüßling hervorzauberte.

Bald darauf aßen wir zu Mittag:

Es gab Kartoffeln und Kraut. Zum Spaß zog Ming den Mundschutz an, der zusammen mit den China-Tickets, die man ja leider nicht mehr brauchen kann, geliefert worden war, und ich scherzte, daß man China in „Sarsien" umbenennen sollte – einen Ort, den zu besuchen, nicht empfohlen wird.

Es lief eine Raumfahrtssendung, und als ich mal kurz das Zimmer verließ und bald darauf wiederkehrte, sagte Buz: „Schau dir das doch mal an! Oder interessiert dich das gar nicht?"

Beschämt nahm ich Platz, und richtete meine Sinne mit doppelter Intensität auf den Bildschirm. Doch dann schellte es an der Türe. Die Maria war´s, die auch augenblicklich ganz unbekümmert drauflos plapperte, so daß Buz gar nichts mehr hörte.

„Mein Papa muß das sehen!" sagte ich eifrig, und so verzupften wir uns in mein Zimmer hinauf, um augenblicklich mit der Bratschenstunde loszulegen. Doch da wir mit dem Vibrato nicht so recht voran kamen, holte ich Nestor Buz herbei.

Buz freute sich, daß er gebraucht wurde, und unterrichtete in unglaublicher Genialitesse.

Währenddessen wird man auf die Schwingen der Erkenntnis gehoben.

Einen Unterricht, den man gerne aufgenommen und für die Ewigkeit bewahrt hatte – doch nun befindet er sich nur noch in unserer Erinnerung.

Und während Buz der Maria das vollendete Vibrato beibrachte, beobachtete ich durchs Fenster wie Herr Möller etwas müde - man könnte beinahe meinen „mit hängenden Schwingen" seine grüne Limousine ausräumte – traurig, daß der Urlaub vorbei ist.

Er hatte dort eine Frau kennengelernt, die ihm die Sinne ganz und gar vernebelt hat, und die er nun rasch vergessen sollte, denn so bald würde man nicht mehr in den Urlaub fahren, und schon gar nicht nach Norwegen.

Nur einmal – während eines Sonnenunterganges, den man gemeinsam auf einer warmgebratenen Bank genossen hatte - trafen sich die Lippen zum Kuß. Ihre Adresse hat sie ihm aber nicht herausrücken mögen.

„Das vergessen wir mal ganz, ganz schnell!" sagte sie noch rasch, bevor sie sich erhob und so geschwinde, wie sie in sein Leben getreten war, wieder hinweghuschte.

Ich bildete mir ein, er und seine Frau stüken in der Krise, und auch das Verhältnis zu den Nachbarn ist leider nicht besser geworden.

Mit welch ignoranter Haltung die Frau Bildschirmschonerin auf den nachbarlichen Urlaubsheimkömmling reagierte? Überhaupt nicht!

Stellvertretend für Herrn Möller *sackte ich auf jenen Launenpegel hinab, an dem man nur noch laut losheulen möchte.*

Abends schaute sich die ganze Familie einen Film über das Stockholmsyndrom an.

Ein Herr, der von einem ägyptischen Geiselnehmer fast erschossen worden wäre, hat diesen Menschen sogar ins Herz geschlossen, und das krasseste Beispiel lieferte eine Dame aus Barcelona, die in einer Bar von einem Mann entführt und gefesselt wurde.

„Ich muß sie leider fesseln!" sagte er höflich und bedauernd. Er fesselte sie jedoch nicht besonders fest, und heute sind sie ein Ehepaar, und haben sogar ein Töchterlein.

Dienstag, 24. April

Diesiges – z.T. (nachmittags) aber auch schönes Sonnenwetter

Wie aus dem Nichts tauchte ich am Morgen in den Tag ein, und sattelte mich gleich für die „Tante Olli" zurecht.

Auf dem Wege dorthin dachte ich über den gestrigen Film nach, worin wir erfahren haben, daß eine Dame einen Liebesbrief an den Sträfling Frank Schmökel im Gefängnis geschrieben hat.

Sie schrieb: „Als ich Dein Foto in der Zeitung sah, hat es sofort „Bumm" gemacht!"

Noch dümmlicher hätte es geklungen, wenn sie geschrieben hätte: „…hat es sofort „zoom" gemacht!"

Ich dachte über jene einsamen Frauen nach, die es heimlich genießen, daß ihr Liebster hinter schwedischen Gardienen gut verwahrt ist.

In der Zeitung las man, daß der Vater von Verona Feldbusch 75-jährig verstorben ist.

Mit diesem bestürzenden Wissen behaftet fuhr ich heim, nahm die Violine zur Hand, und übte augenblicklich los.

Nach einer Weile beehrte uns Frau Münch, und brachte einen frühlingshaften Wind in unsere Stube. Dies lag daran, daß sie uns eine Einladung zu ihrem 60. Geburtstag brachte, der demnächst in einem feinen Landgasthof gefeiert werden soll.

Wir erfuhren, daß auch die Familie Großmann nebst Schwiegereltern geladen sei, und freuten uns demgemäß doppelt und dreifach auf diesen Meilenstein im Leben von Frau Münch.

„Noch sechs Jahre, bis man die Ziellinie sieht!" scherzte ich, und spielte damit auf Gedanken von Udo Jürgens an, die selbiger anlässlich eines Interviews zum 66. Geburtstag kundgetan hatte.

Dann wurde losgefrühstückt.

Rehlein und Buz hatten bereits auf der Berschere Platz genommen, während der stringente Ming noch in eine Klangwolke gehüllt am Flügel saß.

Dadurch, daß Ming jetzt immer mit uns mitfrühstückt, wirkt es so, als sei er arbeitslos geworden.

Rehlein hatte sich doch schon so auf die ruhige Zeit gefreut, wenn die Herren hinter dem eisernen Vorhang in China verschwunden sind. Doch nun muß Rehlein sich mit dem Gedanken anwärmen, daß wir bis auf weiteres dazu verdammt sind, so eng zusammenzukleben.

Rehlein wollte unseren Bauzeichner, Herrn Kruse anrufen, der vor einer Woche Witwer geworden ist, und ich spitzte die Ohren, welche Worte des Trostes Rehlein wohl für ihn finden würde?

„Sag: Im Himmel sehen wir uns alle wieder!" riet ich hilflos, doch Herr Kruse war nicht daheim, und er war auch den ganzen Tag nicht daheim, so daß Rehlein und ich am Abend gemutmaßt haben, er habe sich vielleicht vollaufen lassen, dieweil doch gestern die Beerdigung war, und die Frau jetzt unwiderbringlich fort ist.

Wer soll ihm jetzt sein Essen kochen, ihm seine Pantoffeln hinterhertragen, und ihn in der Nacht wärmen?

Diese und ähnliche Gedanken treiben den Bauzeichner Kruse nun umeinand.

Ob er jetzt zur Nachbarin geht und sagt: „Ich bin wieder zu haben. Ich dachte, ich sag das mal – nur damit Sie Bescheid wissen!"

Rehlein fühlte sich so ratlos.

„Was kann man nur machen, damit du wieder ratvoller wirst?!" versuchte ich Rehlein mit einer scherzgelichteten Bekümmerung ein wenig zu belustigen.

Mittags gab es Zwirbelnudeln dreierlei Art mit einer schmackhaften roten Soße, und ich bedachte die schöne Speise mit Begeisterungsausrüfen, und bemühte mich sehr darum eine gute Stimmung zu entfachen.

Doch dadurch, daß Ming derzeit verliebt ist, empfinde ich ihn als langweilig.

Die Verliebten geben sich ja Mühe, anderen gegenüber so natürlich wie eh und je zu scheinen, und versuchen vielleicht halbwegs interessante Sätze zu sagen, doch dadurch, daß die Interessanzen nicht von innen kommen, zünden ihre Worte irgendwie nicht so recht.

Am Nachmittag besuchte ich die „Ostfriesische Landschaft" und hatte Glück:

Der Haus-PC, an dem ansonsten meist ein Mitarbeiter herumraschelt, war frei.

Ich bestellte mir zwei Cappuccini, weil sie dort so schön nach Zimt schmecken.

Beim ersten Aufguss wurde ein Keks mitgeliefert, beim zweiten nicht.

Nun aber gab ich mir Mühe, für meine Karriere tätig zu sein.

Etwas beunruhigend fand ich, daß man die verschiedenen Städte anklickt, und sich unter der Rubrik „Kunst & Kultur" nichts (mehr) finden lässt, so als habe man die Kultur bereits vor längerer Zeit zusammengekehrt und im Ascheimer entsorgt.

Man angelt herum, doch die Ausbeute ist mager.

Auf dem Heimweg begegnete ich Frau Möller, die anklingen ließ, daß sie jemanden zum gemeinsamen Walken suche. Früher habe sie es immer mit ihrer Nachbarin Rosl betrieben, doch „die Rosl kommt jetzt nimmer", sagte Frau Möller bekümmert, und nun steht dieser Satz wie eine Ratlosigkeitssäule in meinem Tagebuch.

Auf meine Frage, wie wohl der Urlaub in Norwegen gewesen sei, lächelte Frau Möller ratlos, so als wolle sie damit aussagen: „Den vergessen wir am besten ganz, ganz schnell!"

Und beim Weiterradeln malte ich mir aus, *wie sie sich bereits auf der Hinfahrt mit ihrem Jürgen verkracht hat, und dann herrschte den ganzen Urlaub über dicke Luft.*

Jetzt im Alltag hat man sich zwar notdürftig arrangiert, aber Frau Möller spürt nun doch so allmählich eine große Einsamkeit.

Rehlein war am Abend so aufmerksam und nett! Sogar einen Obstsalat mit Sahne hat uns unsere liebste Mama gezaubert.

Freitag, 25. April

Diesig bewölkt. Hie und da schienen die Wolken mit
flüssigem Sonnenschein durchtränkt.
Abends vereinzelte Regentropfen

Ich bin immer froh, wenn Freitag ist.

Das Wochenende steht vor der Türe, und wie alle
Tage radelte ich zur Tante Olli, um etwas Energie
für den Tag zu tanken.

Die Rita hatte heut frei, doch ihre Vertreterin taugt
mir ebenfalls recht gut.

Über den dampfenden Kaffee, den ich mir
bestellte, sagte sie so nett und verbindend: „Das muß
auch irgendwie sein!" und ich fühlte mich somit wie
ein Kind, daß von Mo – Do ein nettes Kinder-
fräulein hat, und bloß am Freitag kommt eine
Andere, und diese Andere ist auch ganz nett.

Daheim führte ich ein hochdiszipliniertes Leben.

Ein bißchen peinlich ist´s mir immer, das
Beethoven Trio zu üben, weil so viel Füllmaterial
geübt wird. Begleitstimmen, die allein gespielt nicht
viel aussagen. Vergleichbar vielleicht damit, wenn ein
Schauspieler ein Telefongespräch auswendig lernt,
und die ganze Zeit „mhm" „mhm" „mhm" repetiert.
Ein Geübe solcherart, als wolle man die Wand
weißeln, die ohnehin schon weiß ist – so daß der
Betrachter bzw. Lauschende zu denken geneigt sein
dürfte: „DIE muß ja Zeit haben!"

Der süße Ming bastelte in der Küche an seinem Müsliberg herum, während im Radio über einen Mord aus niederen Beweggründen berichtet wurde.

Dann schauten wir zum Frühstück fern, und so nach und nach tröpfelten auch Buz und Rehlein ein.

Wir sahen z.B. einen Beitrag über das elfjährige Hausschwein Leonie, das manchmal zu Frauchen ins Bett kriecht, und äußerst anschmiegsam und verschmust scheint.

Und dann schauten wir jenen Wissenschaftsfilm „Aufbruch zu den Sternen" weiter, wo der Japaner Michio Kaku darüber referiert, daß der Mensch durch geschickte Genmanipulationen 500 Jahre alt werden könne.

Doch dieser Gedanke gefiel mir nicht. Wo ich doch jetzt schon Angst habe, vom Tode vergessen zu werden.

Um zehn Uhr entschälte ich mich dem Gewande der aufstrebenden Violinistin und stieg – symbolisch gesprochen – in das steife Kostüm einer Sekretärin.

Es galt, den kahl im Kalender stehenden 22. Juni mit einem Konzert zu füllen, und mit großem Eifer stürzte ich mich in dies Vorhaben hinein.

Rehlein wiederum bekam heute einen Job angeboten:

Dadurch, daß Rehlein ja quasi berühmt dafür ist, daß sie unlängst so selbstlos ihren Vater betreut hat, wollte Frau Lüvers ihr einen ähnlichen Job überantworten. Na, der Leser wird's erraten:

Ihre greise und leider bitterböse Stiefmutter Anneliese zu pflegen.

Doch Rehlein hustete sich einen.

„Nie im Leben!" sagte Rehlein, wenn auch humorig eingetönt, und Frau Lüvers zeigte großes Verständnis.

Das Mittagessen nahmen Rehlein, Ming und ich zunächst ohne unser Familienoberhaupt ein.

Buz war mit Heidi Abel in die Musikschule entschwunden.

Es gab Wildreis und gelbe Paprika, Zucchini, Putenfleisch und Oliven, und wie alle Tage aß ich mit einem gesegneten, fast übergroßen Appetit.

Nach einer Weile kehrte Buz wieder. Er vermisste seine Jacke mit dem Börsl und all den Papieren, ohne die der Mensch nichts Ganzes und nichts Halbes mehr ist. Rehlein schlug die Hände über dem Kopf zusammen. Ob er denn nicht wisse, daß ein gewisser Jemand in der Musikschule gern lange Finger macht?

So fuhr Buz in die Musikschule zurück, und hinterließ eine große Ratlosigkeitsschwade mit Gnadenfrist, da man ja noch die schwache Hoffnung hegen durfte, die Jacke fände sich wieder.

Zum Glück war Rehlein heute so nett gestimmt. Ich selber fühlte mich jedoch nervös, solcherart, als balanciere man an einem Abgrund, unter dem das Meer gischtet und schäumt.

Ich rumste mit dem Kopf an die Glastür. Es schepperte entsetzlich, und Ming am Flügel reagierte vor Schreck flügelschlackernd wie ein Huhn, wenn jemand auf boshafte Weise einen Stein ins Gehege wirft.

Lustvoll stellte ich mir vor, *wie die Glastür splitternd aus der Verankerung gerissen wird, und sich die Scherben auf den Eßtisch ergießen?*

Die ganze Zeit bangte ich drum, daß Buz vielleicht sehr unkonzentriert Auto fährt, und einen Unfall baut – und dies, wo ich mir doch vorgenommen hatte, meine Nerven zu trainieren, damit sie besser würden.

Ich wünschte mir Nerven wie die unbekümmerte 16-jährige Anne-Sophie Mutter.

Worte vom Friedel schoben sich mir ins Bewußtsein: „Ich hab mir abgewöhnt, mir Sorgen zu machen. Das bringt dir nichts, ey!"

Als Buz dann endlich unversehrt heimkehrte, wurde es nett! Buz hatte seine Jacke wiedergefunden, und wo war sie? Dort, wo sie hingehört: sie hing am Kleiderhaken in der Musikschule.

Buz und Ming spielten die erste Rhapsodie von Béla Bartók, die Buz todesmutig aufs Programm für China gesetzt hatte.

Ein Werk, das Buz seit seiner Studienzeit nicht mehr geübt, und somit aus der Mottenkiste geholt hatte.

Am Nachmittag lief ich zur Post.

Währenddessen fühlte ich bereits Ärger und Lampenfieber, weil ich gleich kontrollieren wollte, ob der halbbeglatzte Herr im Bioladen mein Plakat wohl aufgeklebt hatte – so wie er es mit einem falschen Lächeln vollmundig versprochen hatte? Doch ich vermeinte vorzufühlen, daß ich mich gleich ärgern müsse.

Tatsächlich mußte ich mich im Bioladen ärgern. Der Biomann lächelte zwar, so wie alle Tage unglaublich mild, doch es ist schade, daß ich jene Worte, die ich mir bereits zurechtgelegt hatte, aus Schüchternheit nicht anzubringen vermochte.

„Wenn es bis um 18 Uhr nicht hängt, so sehen Sie mich als Kundin in diesem Laden nimmermehr!"

Hernach besuchte ich das ausgeaperte Zentralcafé, wo heute eine blondbezopfte Bedienerin in weichen Kellnerinnenschuhen herumhurtelte.

Ich brachte ihr ein Plakat für die gemütlichen Senioren, und die Bedienerin bewunderte kurz an mir herum, auch wenn der moderne Mensch mit Klassik nicht mehr viel anzufangen versteht.

Ich radelte auf den Friedhof, da ich mich nach etwas innerem Frieden sehnte.

Doch dies´ Sehnen schien heut Mehrere befallen zu haben, und ich mußte sehr lange an einer Bank herumsuchen, die nicht beständig von Gieskannenträgern umrundet wurde, die einem zu Lebzeiten vielfach bezickten Entschlafenen posthum Gutes tun wollten.

Schließlich fand ich im allerhintersten Winkel des Friedhofs zwei bleiche Bänke, wo man auf eine wie gebügelt daliegende Rasenfläche inmitten eines Rasenbeckens draufschauen konnte.

Wieder daheim:

Rehlein am PC tippte einen Brief an ihre Lieben in aller Welt, aus dem hervorging, daß Rehlein zur Zeit an der Ziellosigkeit ihres Lebens leidet, und lieber in Ofenbach wäre.

Darüber hinaus war Rehlein allerdings so herzlich und warm gestimmt.

Nach einer Weile brach ich zum Supermarkt auf. Als ich an Buzens BMW vorbeiradelte, klopfte jemand von Innen an die Fensterscheibe. Buz selber war´s.

Der genussfreudige Buz wünschte sich für den Abend eine Flasche Wein, und steckte mir fünf €uro zu, von denen ich den Rest behalten dürfe.

Ich regte an, daß Buz anstelle der Chinareise nun einen Urlaub im Harz machen könne? Doch Buz muß vielleicht zur Omi reisen, um die Frau Wies ein bißchen zu entlasten, deutete er vage an.

„Dann fährst du zwei Tage lang zur Omi, und machst anschließend Urlaub!" sagte ich resolut wie eine Mutter, die ihren Sohn besser kennt als jeder andere Mensch auf der Welt, und genau weiß, was das Richtige für ihn ist.

Daheim hatte Rehlein ihren Lieben ein japanisches Misosüppchen gekocht.

Buz und Rehlein schauten sich einen Pater-Braun-Film an, und man hörte die Eheleute fröhlich und synchron lachen.

Abends gestaltete uns das süßeste Rehlein je noch einen Rohkostteller, und hatte die vereinzelten Rohkostteile zu einem lustigen Gesicht angeordnet.

Samstag, 26. April

Regnerisch. Abends sogar Duschregen

Am Morgen wurde bereits jemand im Duschhäusl beprasselt. Ich versuchte anhand unsichtbarer Aurawogen in den Lüften zu erfühlen, wer das wohl sei?

Ming war´s, und an den hatte ich dabei am wenigsten gedacht.

Ich beplauderte den Duschenden darüber, wie toll es gewesen wäre, wenn wir genau an Buzens vierzigstem Geburtstag eine Jubiläumsversicherung für unser Familienoberhaupt eingegangen wären:

„Vierzig Mark im Monat – dann hätten wir zum 65. Geburtstag genau 9000 € zur freien Verjubelung gehabt, mit denen man doch wirklich etwas hätten anstellen können!" trauerte ich einer vertanen Chance hinterdrein.

Dies rechnete ich uns großzügig aus, da die Versicherungsvertreter vielleicht davon ausgehen, daß die meisten von uns mit 65 Jahren bereits auf dem Gottesacker liegen - dem ewigen Frieden entgegenkompostierend.

Wir hätten alle Leute einladen können, in die Buz mal verliebt war, und müssten somit mehrere Hotelzimmer im Piquerhof reservieren. Von dort aus, würde die Gesellschaft von einer Kutsche ins Fischhuus abgeholt, wo wir bereits mehrere Tische reserviert hätten.

Beim Frühstück war Ming leider sehr mürrisch gestimmt. Das kam so: Auf dem Humus von

Rehleins bezaubernder A-Seite getragen, erzählte ich, mehr von der heiteren Seite her beleuchtet, von Mings gestrigem Joghurt Supergau. Der Joghurt war umgekippt und in die geöffnete Schublade hineingetropft.

Rehlein meinte, daß Ming heute morgen so laut gewesen sei. Irgendetwas habe gekracht:
„Wie kommt´s?"

Ming ist davon aber noch mürrischer geworden, weil Rehlein zu den vielen tausenden Malen, wo er nicht lärmt, nie etwas Lobendes sagt.

Mich aber hatte auch etwas in die Tiefe gezogen:

Die kurzangebundene Absage von Pfarrer Mankell aus Bruchköbel:

„Der Musikausschuss bedankt sich für Ihr Konzertangebot und lehnt ab!" stand da in einem einzigen Satz höchst despektierlich zu lesen, und noch despektierlicher wäre es gewesen, er hätte geschrieben: „Lehnt dankend ab…"

Ferner hatte meine alte Freundin Simone geschrieben.

Simones Papi hat einen Weltfriedensplan ausgetüftelt, den er nun im Internet vorstellen will, und lebte man nach diesem raffiniert ausgetüftelten Plan, so wäre der Friede auf Erden für Jahrtausende so gut wie gesichert.

Doch die Erfahrung lehrt, daß kein Friede herrschen wird, so lange es Menschen gibt.

Ferner wurde in Simones Brief die Rede darauf gelenkt, daß ich mal in Senta Bergers Sendung „Klassik" mitspielen solle.

„Mit dem Zweiten sieht man zwar besser, aber vom Hören ist nicht die Rede!“ schrieb die Simone humorig, und so sprachen wir beim Frühstück kurz über jenen Themenaspekt, daß es mit der Klassik so erschreckend rapide zuende gegangen sei. Einige Leute in unserem Alter interessieren sich zwar noch für Klassik, doch ihre Kinder wurden bereits ohne Klassiksensor geboren.

Im Radio spielte Maria Jão Pires den letzten Satz vom Schumann Konzert, da die Klassik ja nurmehr häppchenweise serviert wird. Doch mir gefiel es nicht, und ich hätte mir alles in einer anderen Schwingung gewünscht.

Buz war heute so bezaubernd und warm gestimmt, das wir unsere hellste Freude an ihm hatten.

Am alleranstrengendsten am Familienleben empfinde ich es, daß A- und B-Seiten wippenförmig verteilt sind. Jetzt waren Buz und Rehlein je nett, aber Ming war mürrisch gestimmt, und strahlte eine Frühjahrsputzstimmung aus.

Um etwas Frohsinn herbeizubeschwören legte ich die CD vom großen Bungarten ein, und der Messias unter den Gitarristen zupfte Bachs Chaconne zwar gekonnt, doch das ganz große innere Erbeben vermochte sich bei mir (noch) nicht einzustellen.

Ich erzählte meinen Lieben, was mir unlängst widerfahren ist:

Ein fremder Herr rief an, stellte sich knapp vor, und frug übergangslos: „Haben Sie sich in letzter Zeit mit Interpretationen von Bungarten auseinandergesetzt?“

„Nein", stand ich artig und stramm Antwort, zumal ich gar nicht wußte, wer oder was das sein soll?

„Er ist einer der – nein! Er ist **DER** maßgebliche Gitarrist unserer Zeit!" hieß es.

Mittags kam die Rede drauf, daß Ming am Abend nach Leer reisen müsse. Ich dachte natürlich, er wolle den Arthur besuchen, und fiel aus allen Wolken, als er sagte: „Da muß ich meine Liebste von der Bahn abholen!"

Von diesen Worten fühlte ich mich kurz ein wenig so, wie die Omi Mobbl damals, als ruchbar wurde, daß die Dame Gerswind in der Nacht oben genächtigt hatte.

„Schon wieder?" sagte ich maulig, und zog mich rasch zum Üben zurück.

Beim Üben nahm ich mich aber selber ins Gebet, und sagte mir einige vernünftige Dinge: z.B., daß ich mich doch für Ming freuen müsse! Will man denn einen Hagestolz als Bruder haben?

Doch all die Gutheiten wirkten „wie angeklebt", und dabei sollte ich doch lieber ganz viel positive Energie darauf verwenden, die Julia in mein Herz zu schließen.

Später trank ich mit Buz und Rehlein Kaffee, und versuchte, mich mit erfreulichen Gedanken wieder aufzurichten.

Buz hat derzeit einen solch gesegneten Appetit: Täglich verlangt er drei Schokonüsse, obwohl Rehlein ihm die Freude durch aufgepumpte Wangen und durch die Symbolisierung von Hüft- und

Leibesspeck mit den Händen oftmals ein wenig zu verderben pflegt.

Heut war´s leider sehr regnerisch, so daß man das enge Aufeinanderhocken der Familie als leicht drückend empfand.

Aus Ofenbach ereilte uns ein erfrischendes Telefonat vom Friedel. Mit der Rosa versteht er sich gut, und gottlob gehen sie einander noch nicht auf die Nerven. Mir gefiel der Gedanke, der Friedel könne das leerstehende Nachbarhaus auf dem Kalgassenbuckel aufkaufen, und würde sein Leben fortan als unser Nachbar in Ofenbach verleben.

Die Wolken waren euterprall mit Flüssigkeit vollgesogen, so daß ein Ende der Schlechtwetterphase nicht abzusehen war, und als es so allmählich dunkel wurde, duschte es los, und wir in unserem Hause fühlten uns wie in der Autowaschanlage.

Sonntag, 27. April

Leider ganz häßlich.
Grell-verquollen, diesig und regnerisch

Im Traum *befanden wir uns in einem Hotelzimmer in Tirol: Rustikal, freundlich und mit hellem sattgüldenen Holz vertäfelt. Wir sprachen mit Friedels neuer Freundin Rosa über einen zehntägigen Urlaub in Wörth an der Donau.*

Die Rosa meinte, daß es ihr zu teuer sei, und ich wiederum schlug vor, daß sie ihren reichen Vater dazu bewegen könne, ihr den Urlaub zu finanzieren.

Von dieser Vorstellung füllten sich meine Augen, so wie im wahren Leben zuweilen auch, mit Tränen der Rührung, die sich nicht mehr verbergen ließen. Etwas, das mir äußerst peinlich war. Mein einer Augenwinkel war bereits ganz nass geworden, die Träne zitterte und bebte, und klatschte schließlich vor aller Augen platschend auf dem Boden auf.

Buz und Rehlein lagen auf dem Ehebett, und von großer Erheiterung getragen las Buz Wilhelm Busch Geschichten vor.

Leider ist das Wetter seit gestern so häßlich geworden, daß man sich bei der Tagesgestaltung ganz behindert bedünkt. Ständig sind die Fenster vertropft, und man weiß irgendwie kaum, wie man den Sonntag angemessen gestalten soll?

Ich stellte mir vor, *wie ich für einen Traumurlaub für Rehlein und mich im Rosenhof in Wörth an Donau 250 € gespart hätte, und das Wetter wäre so* wie heut*?*

„Wir haben ja Kabelfernsehen!" jubiliere ich.

Rehlein fand diese Vorstellung jedoch ganz schlimm, da sich Rehlein unter einem Traumurlaub etwas gänzlich anderes vorstellt.

Wie immer verstand ich mich mit Rehlein einfach fantastisch. Ich erzählte vom

Sommerurlaub 1987 in Trossingen.

Damals wohnte ich in einer Dreier-WG in der Brühl-straße. Bedingt durch die Semesterferien war die unscheinbare kleine Stadt wie leergefegt. Meine Freunde und Mitbewohner waren allesamt in die Ferien entschwirrt.

Ich war ganz alleine im Haus, und genoß das Leben unter dem prallblauen Himmel in Trossingen unendlich. Warm und schön wie in Afrika war's. Ich ernährte mich hauptsächlich von Laugenwecken aus der angrenzenden Bäckerei, und die Abende verbrachte ich am See, dessen zartes Gekräusel im Gold der untergehenden Sonne tänzelte.

Wie Federn einer eingerissenen Bettdecke, die von Frau Holle aus dem Fenster geschüttelt wird, flogen mir die Erinnerungen einfach zu.

Die Hilde verbrachte ihren Urlaub ebenfalls in Trossingen und bekam eines Tages Besuch von einem wunderlichen Herrn, der in ihrer Küche eine glibberige Obstspeise zubereitet hat.

Hernach suchten wir Pilze im Walde, und bereiteten uns ein schmackhaftes Pilzgericht zu.

Erst nach der Mahlzeit frugen wir uns, ob das wohl Giftpilze gewesen sein könnten? Der Gedanke, morgen nicht im Bett, sondern im Paradies aufzuwachen, hatte zumindest für mich etwas Beglückendes.

Der Hilde jedoch ließ dieser Gedanke keine Ruh, so daß sie zu später Stund die Apothekenglocke betätigte.

„Ha, die werdöt Sie doch net gegessö habö!" sagte der schwäbische Apotheker ganz entgeistert.

Ich schrieb Briefe.

Als der Brief an meine alte Kommilitonin Gabi K. endlich fertig war, saß nur mit dem fertig-geschriebenen Brief im Schaukelstuhl und konnte es nicht fassen, daß ich mir so viel Zeit damit gelassen hatte: Etwa sieben Jahre!

Mittags kehrte der süße Ming heim.

Ming sprach davon, daß man am Nachmittag eine Ausstellung in Emden besuchen wolle, doch ich lehnte ein Mitkommen ab, weil mich das Wetter deprimant gestimmt hatte.

„Und dann kommt auch noch meine Menschenscheu hinzu!" erklärte ich Ming unkompliziert, und Ming akzeptierte es, da es ja die Wahrheit ist, und die Wahrheit immer gut ankommt.

Rehlein hatte uns auf liebevolle Weise ein Spargelgericht zubereitet, und um die Spargelstangen herum waren, Wadenwickeln an bleichen hageren Beinen nicht unähnelnd, auch noch Schinkenlappen gewickelt.

Ich sprach davon, daß ich Buzen zum 65. Geburtstag eine Feierversicherung abschließe, damit er wenigstens den 90. groß feiern kann.

Beim Kaffekochen passierte Buzen ein Malheur: Buz hatte den Filterbehälter auf die Glaskanne gestellt, doch der Behälter war eine Spur zu klein, rutschte halb in die Glaskanne hinein, und ließ sich nicht mehr hervorziehen.

Die Furcht vor Rehleins Jeremiaden hat womöglich ungeahnte Kräfte in Buzen freigesetzt, denn bald darauf splitterte der Kannenglaskragen unter den Herausrupfbestrebungen Buzens.

Rehlein hatte das Drama in der Küche von oben hautnah mitbekommen, und hielt die Jammerei bewußt in Grenzen.

Doch ein „wissendes Getue" („Ich habe es geahnt!") hat sich Rehlein nicht verkneifen mögen, und Buzens so eifrig vorgetragene Worte, daß sie es nicht für möglich halten würde, wie das passiert sei, haben Rehlein gar nicht weiter interessiert. Grad an jene Ehefrauen erinnernd, wo der mit einem Betthäschen ertappte Ehemann ausruft: „Es ist anders als du denkst! Laß dir erklären…." Und wo der gespannte Zuhörer nie erfährt, wie es wohl wirklich gewesen ist, weil die Ehefrau dichtmacht.

Etwas, das ich mir schon in jungen Jahren ganz fest vorgenommen hatte:

Sollte ich meinen Mann jemals mit einer Anderen im Bett erwischen, so würde ich ihm gespannt Gehör schenken, wenn er ausruft: „Laß dir erklären, Schatz! Es ist anders als du denkst."

Am Nachmittag rief ich meine Oma an.

Omis Exitus habe ich schon ganz lange nicht mehr herbeigesehnt, und mir gefiel der Gedanke, sie bald zu besuchen.

Wir sprachen über das verliebte Gabilein.

„Spochtgestääählt!" (Sportgestählt!) sagt die Omi zuweilen so lustig, wenn die Rede auf ihre abtrünnige Schwiegertochter gelenkt wird.

Ich aber sprach mitfühlend darüber, daß der Onkel jetzt in einer Situation stüke, in der er bereits vor zwanzig Jahren einmal stak.

Fassungslos schaut man einem Glück hinterher, das sich ins Nichts aufgelöst hat.

Montag, 28. April

Feucht verquollen, aber nicht unsympathisch

Gleich zu Tagesbeginn widmete ich mich meinem Morgenritual, und radelte zur Tante Olli, wo ich typisch erwachsenenhaft immer am gleichen Platz auf dem Hochsitz Stellung beziehe. Ergeben warte ich auf meinen Nebensitzer Jens-Peter, an den ich mich gewöhnt, und mit dem ich mich direkt schon ein bißchen abgefunden habe.

Das Schicksal hat uns zusammengeführt, obwohl uns nichts verbindet. Interessant und ungewöhnlich finde ich, daß der Jens-Peter - seit kurzem erst verheiratet - zwanghaft jeden Morgen in der Tante Olli abhängt. Würde ich mich zur Abwechslung mal auf den anderen Stuhl setzen, so würde das Weltbild von Jens-Peter und mir augenblicklich schiefhängen. Ein Unbehagen solcherart würde sich ausbreiten, als trüge jemand seine Schuhe verkehrt herum, und es gebricht einem an Mut, diesen Jemanden darauf hinzuweisen.

Vielleicht wirkt mein "Mich-in-die-Zeitung-hinein-Gekrümme" in seiner ungehörigen Ignoranz nach außen hin leicht despektierlich (professoral), doch über den Rand der Zeitung hinweg beobachte ich den Jens-Peter aufmerksam, und denke sogar über ihn nach.

Wieder stellte ich mir zum Spaß vor, er sei der Neue an meiner Seite, und malte mir aus, *wie ich ihn meinen Eltern vorstelle, und beide absolut nichts mit ihm anzufangen verstehen? Und wie er sich zum Entsetzen*

Rehlein und Mings gar ohne zu fragen in unserer Wohnung eine Cigarette anzündet.

„Ich weiß nichts über diesen Herrn!" gestehe ich meinen Lieben, „ich weiß nur, daß ich ihn liebe!"

Um zehn Uhr begann ich mit meiner Karrieretätigkeit.

Ist ein Ansprechpartner nett zu mir - und die meisten sind's -, so erfasst mich stets ein manisches Fieber der Rührung, und ich fühle Buzens Gene in mir.

Einmal rief die Han-Lin an, und ich tat so, als seien wir eine Familie, in der prinzipiell nur chinesisch gesprochen würde.

Zu Rehlein sagte ich in fließenst geöltem pekinesisch: „Tsching ni dschiao ba-ba lai!" („Holst du Papa?"), und Rehlein rief laut durchs Treppenhaus: „Baaa-ba! Ni Kuai lai!" („Papa, komm geschwind!")

Um elf Uhr kam ein Schüler Buzens in die Violinstunde, der leider ein wenig müffelte. Dies weil er stark zu schwitzen pflegt, und kaum Zeit findet, sich zu duschen.

Wenig später kam der Christoph zur Beethoven-Trio-Probe. Stolz erzählte ich, daß ich das Trio, bis auf die letzte Seite, bereits auswendig beherrsche, und Buz am Flügelrand versenkte sich zu diesen Worten brütend in die Partitur.

Peinlich! Gleich mein erster Einsatz war falsch! Und irgendwie vermochte sich meine große Genialität, auf die ich in meinem Zimmer immer so stolz bin, nicht so recht zu entfalten, dieweil ich leider in einem anderen Rhythmus schwinge als meine Mitspieler.

Nach der Probe servierte Ming belgische Meeresungeheuerpralinées, dieweil dies bei seiner Schwiegerlehrerin Frau Schmidt, einer Dame, der Ming in vieler Hinsicht nacheifert, Tradition sei.

Nach der schweißtreibenden Klavierstunde begibt sich Frau Schmidt an das Schränkchen mit dem köstlichen Naschwerk, und holt die Pralinenschachtel hervor…

Schweren Herzens lehnte ich ab.

Dem Christoph erzählte ich, daß ich jetzt so lange Diät halten will, bis jemand ausruft: „Duuu bist aber schlank geworden!"

„Kann sein, daß Du morgen schon damit aufhören darfst!" sagte der Christoph geheimnisvoll, solcherart, als plane er diesen Ausruf bereits als Überraschung, oder beauftrage jemand anders damit?

Zu Mittag wurde eine köstliche sämige Suppe serviert.

Leider sprachen Ming und Buz wie schon so oft über Aspekte der Gehörbildung. Ein Thema von dem Rehlein und ich uns mittlerweile sehr geödet fühlen, doch erwachsenengemäß zeigten die Herren kein Gespür dafür, was die Damen wohl interessieren könne, und kamen hinzu auf keinen gemeinsamen Nenner.

Obwohl es nicht wirklich dramatisch zuging, sträubten sich mir die Nackenhaare. Hilflos begab ich mich an den Flügel, um ein paar Akkorde anzuschlagen, die die erhitzten Sinne von Vater und Sohn auf das Herauszuhörende lenken sollten.

Man spitzte die Ohren, gab sich Mühe zu imponieren… doch wie so oft kam einem der Zufall zur Hilfe: Buz wurde vom auflärmenden Telefon hinfortgesogen.

Gerührt erzählte ich Ming und Rehlein, wie die Gerswind einst die Kultur in unsere Trossinger-WG gebracht hat. Sie hielt ein Auge auf das Kulturkino – nur wenige Schritte, an einem einsamen Schrebergärtchen vorbei, von unserem Haus im Tal entfernt. Bei Sehenswertem beharrte die Gerswind energisch darauf, daß wir uns hinbegeben, um es uns anzusehen, statt auf behäbige Weise daheim herumzusitzen.

Auf diese Weise lernte ich das Stummfilm-Drama „Tartüff" von Friedrich Wilhelm Murnau aus dem Jahre 1925 kennen. Einen Film, dessen tiefe Weisheit mich bis heute begleitet.

(„Wissen *Sie* denn, wer neben Ihnen sitzt?")

Die Evi war für Gesellig- und Gemütlichkeit zuständig, die Valerie für den Glauben, und ich wiederum sorgte für Tratsch und Unterhaltung.

Ming erzählte, daß er am liebsten jede Sekunde mit der Julia zusammen wäre, da er sich jetzt in den Fängen der Liebe befände. Etwas, von dem Rehlein sich wiederum seit über vierzig Jahren zu befreien sucht.

Dann beplauderten wir Kinder Rehlein über die Streitkultur. Ich sprach davon, daß man, so wie Richter Guido Neumann, ruhig mal aufbrausen dürfe. Doch lang zurückliegende Sünden sollten nicht zur Sprache gebracht, und dem Zank nicht mehr beigemengt werden.

Später saß der frisch verwitwete Herr Kruse mit Rehlein am Tisch. Man sprach nur ganz sachlich über den Anbau, und ließ die Verstorbene außen vor.

Ich verließ das Haus, und radelte zum Klub.

Die Laufbänder waren allesamt besetzt, auch wenn ich, auf dem Sitzradel sitzend, wie ein Luchs darauf schielte, ob vielleicht bald eines frei würde?

Bei einem Herrn, auf dessen Hemd sich bereits eine Schweißlache gebildet hatte, lief soeben die Uhr ab. Doch die „Ute", jene Stumpfe mit dem geschwärzten Staubwedel auf dem Kopf, die nebenan ihre Waden stählte, war schneller als ich. Auf ihre dumpfe, völlig unpersönliche mondkalbartige Art nahm sie mich überhaupt nicht wahr, und dabei wäre in dieser Situation doch wohl zumindest ein kleines Augenzwinkern angebracht gewesen?

Neben ihr walkte jener gorillaförmige grobe Klotz, der stets sehr lange am Stück walkt, und dazu Walkmanstöpsel in den Ohren trägt, woraus sich gedämpftes stampfendes Gezische in den Raum ergießt, und mit den Fitnessmelodien aus dem Lautsprecher mischt, die einem ansonsten nur auffallen würden, wenn sie abgedreht würden.

Ich las „7 Tage". Ein Journal, in welchem man nur die allergrößten Katastrophen liest. Doch da man davon ausgeht, daß es nur von törichten Seniorinnen gelesen wird, hofft man, daß kein Kluger denen auf die Schliche kommt.

Man las beispielsweise, daß Königin Silvia einen Hirntumor hat, und demzufolge leider nur noch wenige Wochen zu leben habe. Ferner las man, daß König Carl Gustav an SARS erkrankt sei, so daß auch sein wohl unvermeidlicher Exitus zum Greifen in den Lüften liegt.

Auf dem Heimweg las ich sodann am Zeitungseck, daß SARS sich demnächst auch in Europa ausbreiten wird.

An der Friedhofsampel dachte ich darüber nach, daß Gabi K. morgen nach soooo vielen Jahren einen Brief von mir bekommt. Für sie endet somit ganz überraschend jene ärgerliche Kette dessen, daß man jeden Tag seinen Kopf darauf verwetten kann, heut typischerweise schon wieder *keinen* Brief zu bekommen, – und von mir schon mal gar nicht.

Am Abend hatte Rehlein das Radio in ihrem Zimmer ganz aufgedreht, dieweil Gidon Kremer im NDR das Violinkonzert von Alban Berg spielte.

Doch die Klangjeremiade machte keinen großen Eindruck auf mich.

Das große innere Erbeben, das ich mir erhofft hatte, blieb aus.

Buz und Rehlein schauten sich einen Krimi an.

Da ich aber dafür keinen Sensor habe, las ich stattdessen „die Glücksformel", und freute mich beim Lesevorgang bereits auf ein schöneres und glücklicheres Leben vor, dieweil das Glück doch in einem selbst vergraben liegt, wie ich nun erfuhr.

Mein „Aha-Speicher" füllte sich derart rapide, daß man nur noch staunen konnte.

Ich dachte uns auch schon kleine Teilaufgaben aus, die zum Glücke führen sollen: Aufgaben, die wir probehalber eine Woche lang durchhalten sollten:

Rehlein darf schimpfen, wie sie will, bloß die Vergangenheitsbewältigungsdocs müssen geschlossen bleiben, und dürfen in den Streit nicht einfließen.

Nächsten Montag um 22:48 endet Rehleins Sperrfrist, so daß sie die Vergangenheitsbewältigung fortsetzen darf.

Auch der süßeste Ming zeigte sich noch zu später Stund.

Die Julia reist morgen um vier Uhr in der Früh nach Norwegen. Doch Ming vermisst sie bereits jetzt.

Ich habe die Julia ins Herz geschlossen und will nichts Schmähendes über sie denken und sagen, denn glücklich kann man erst werden, wenn man der Liebe Einlass in sein Leben gewährt.

Einmal rief die Petra an, und Rehlein sagte in gespielter Strenge: „Mein Mann liegt bereits im Bett!"

„Höhöhö!" sagte Buz im Hintergrund vor Verlegenheit ganz übertrieben, damit die Petra merken solle, daß seine Frau Kokolores rede. Doch Buzens Lache klang so entzückend!

Am Abend verstand ich mich mit Rehlein so fantastisch.

Ich saß an Rehleins Bett und erzählte von einem Kontrabassisten aus China, dessen Frau gestorben war, so daß er sein mongoloides Söhnchen in die Orchesterproben mitzunehmen pflegte. Dort saß es ganz artig zu Füßen seines Papas, und vertiefte sich interessiert in die Partitur, die der Musiker vor sich auf den Boden zu legen pflegte.

Dienstag, 29. April

Stark bewölkt

Als ich am Morgen losradelte, herrschte draußen trotz der plüschigen Kumulusbewölkung solch eine angenehm bergende warme Luft, daß ich mich auf meinem Drahtesel auf wohltuende Weise getragen fühlte.

In der „Tante Olli" beplapperte ich die Rita plauderfreudig über den Reiz des Wetters, und setzte mich tatsächlich erstmals auf die andere Seite.

In der BILD las der Interessierte, daß der Effe (ein bedeutender Fußballspieler) seine Memoiren geschrieben habe:

Wild durcheinander schrieb er sich allerlei von der Seele. Zum Beispiel, daß der Strunz (?) ihn ange-brülllt habe:

„Du hast mir meine Frau gestohlen!"

Daheim übte ich, mit Bachs h-moll Partita beginnend, unverzüglich los. Einmal spielte ich das Presto so irrwitzig schnell - mit 144 km/h - daß ich es stellvertretend für die Ohren von Buz und Rehlein nicht fassen konnte!

Wie aus dem Nichts stand plötzlich der süße Ming da. Ich freute mich sehr darüber, daß Ming nun wieder ganz uns gehört, obwohl ich doch gestern damit begonnen hatte, die „Glücksformel" positiv auf mich selber anzuwenden, indem ich die Julia ins Herz schließe, und mich ganz den üppigen Früchten an Freuden, die das Leben für mich bereithält hingeben will.

Eine Weile lang weckte ich vergebens an Buz & Rehlein herum, doch dann verfiel ich auf eine List:

Ich rief mit dem Händi an, und Ming sollte unsere Eltern ans Telefon locken.

„Hier spricht der Weckdienst!" wärmte ich einen Scherz, den ich mal für die Petra ersonnen habe, in Buzens Ohrmuschel hinein, und der süße Buz lachte so nett, dieweil er doch immer für einen Scherz zu haben ist.

Sodann gruppierten wir uns um den Frühstückstisch herum.

Im Oettkenschen Garten nebenan stand ein Anstreichermeister, von dem Ming meinte, er würde ihn so an den Bin Laden erinnern.

„Ach, **hier** ist der Bin Laden!" rief jemand von uns scherzvoll aus, und dann stellten wir uns vor, wie es wohl so sei, wenn wir die Polizei anriefen, und wie

Oberpolizeimeister Bußkohl wohl spitzen wird, daß der Bin Laden in *Aurich* ist?

Die Veronika hatte geschrieben, und ging auf rührende Weise auf alle Details in meinem letzten Brief ein. Sogar den zugegebenermaßen etwas Herrn-Heike-haften Zettel, den ich beigefügt hatte, konnte man sorgsam aufgeklebt auf dem Blatte ausmachen.

„Möchtest Du sechs neue Seiten?" (von meinem neuen Buche)

„Ja" hatte die Veronika nett angekreuzt, obwohl da auch noch „Nein, ich danke ergebenst…" für den Ankreuzfreund zur Auswahl stand.

Pünktlich um zehn Uhr begann ich an meiner Karriere zu arbeiten.

Das Telefonat mit dem Pfarrer Dollinger aus der Nähe von Sinzheim zog mich seelisch so sehr in die Tiefe, daß ich eigentlich gar keine Lust mehr verspürte, ihm etwas zu schicken, und eine schöne Zeichnung auf das Kuvert zu machen, weil er so desinteressiert gewirkt hatte. Nicht einmal Plakate wollte er aushängen, dieweil das seine ehrenamtlichen Helfer täten.

„Und die brauche ich für wichtigere Dinge!" sagte er schwäbisch-kleinlich, so daß sich die häßlichen Worte schmerzhaft in meine Seele bohrten, und dort immer weiter in mir fortknabberten. Am liebsten hätte ich, oder auch Rehlein in mir, ihm einen Brief geschrieben, der nach förmlichen Beginn immer ärgerlicher wird. Solcherart, als hätte ich mich in Rage geschrieben.

„Was soll schon wichtiger sein als ein schönes Konzert mit Werken von Johann Sebastian Bach — einem Herrn dessen Werk die Jahrhunderte überdauert hat, und über den mein Onkel Dölein zu sagen pflegt: „Mein JESUS heißt Johann Sebastian"? Was denken Sie sich eigentlich?!?!! Ihre vor erbärmlichem Kleingeist strotzenden Worte haben gegen das göttliche Gebot, wie ein Engel durchs Leben zu schweben, verstoßen!

Buz war sehr unruhig.

Auf unbestimmte Weise drängte es den Telefonieroholiker in ihm zu telefonieren, auch wenn er vielleicht ein bißchen entschlußlos schien, wen er wohl weswegen anrufen solle?

Mittags freuten wir uns auf´s Mittagessen.

Es gab sahniges Kartoffelpürée mit Brokkolibüschen.

Ich begab mich auf den Speicher, und suchte das Benehmenslehrbuch aus der taiwanesischen Schule hervor, das uns zum Gaudium und zur Mittagsunterhaltung gereichen sollte.

Durch das Benehmenslehrbuch geistert ein zirka 6-7-jähriger herrenloser Junge namens Shiao Ming, der sich vorzüglich zu benehmen pflegt, und immer alles richtig macht. Er kleidet sich makellos wie ein Bankbediensteter, tritt leise und diskret auf, und pflegt sein Bett morgens so akkurat zu richten, daß es ausschaut wie von Meisterhand eines Hotelbediensteten. Ferner spitzt er seine Bleistifte schon am Vorabend des Schulgangs.

Sein Ränzel ist stets perfekt gepackt, die Hefte ordentlich und sauber geführt, - wimmelnd von Belobigungen der Lehrerin - und die Lehrbücher sehen aus, als seien sie soeben frisch aus der Druckerei geliefert worden.

Wenn er sieht, daß eine alte Dame sich mit ihren Einkäufen abmüht, so eilt er hin, nimmt ihr ohne großes Federlesen die Taschen ab, und trägt die Tüten und Säcke mit den guten Dingen in ihre Wohnung, und sogar in ihre Küche hinein.

Höflich lehnt er den Dankesgroschen ab, der ihm gereicht wird.

„Aber das ist doch selbstverständlich, Groß-mütterlein!" sagt er freundlich.

Am Nachmittag verdross mich das Telefonat mit der trockenen, sicherlich nicht mehr ganz taufrischen Kantorin Karin Sarcher aus Lauterberg. Sie sagte: „Abgesehen davon, daß ich diesen Spruch mindes-tens dreimal die Woche ablassen muß…"

Im Schreibwarenladen traf ich einen lieben alten Freund, und durch großen Zufall betrat in diesem Moment auch Ming den Laden.

Der Freund hatte sein kleines Töchterlein dabei, setzte es auf seine Schulterblätter, und bescherzte Ming erfreut, während das kleine Mädchen sich hoch oben an den Frisurresten festhielt, welche die wie poliert wirkende Glatze bezüngelten.

Auf dem Heimweg begegnete ich Rehlein und Frau Möller, die gemeinsam walken waren.

Frau Möllers Hündchen hatte großes Heimweh nach seinem Herrchen, und zog die Leine ganz straff Richtung Haus.

„So geht´s mir auch. Ich habe immer so ein Heimweh nach meinem Frauchen!" beschmeichelte ich Rehlein, und fühlte mich beim Beschmeichelungsvorgang (Beamtendeutsch) wie ein kleines Hündchen. „Mich zieht´s an den Mutterbusen zurück. Dem wichtigsten Ort auf Erden!"

Am Vorabend seines letzten Tages als 64-jähriger auf Erden hatte Buz damit begonnen, seinen Geburtstag zu planen, und demgemäß eine Gästeliste angelegt.

Gästeliste:

schrieb er feierlich auf das Papier, so wie es hier zu lesen ist, und nachdem Rehlein und ich von einem Spaziergang zurückgekehrt waren, standen bereits zwei Namen auf dem Blatte:

„Herr Berke und Frau Förster."

„Mehr ist bei deinem Gebrüte nicht herausgekommen?" wunderte sich Rehlein.

Buz würde lieber einen ganzen Monat lang jeden Abend mit *zwei* Gästen Geburtstag feiern, als 60 Gäste auf einmal einzuladen, denn da hat man ja am Einzelnen wenig Genuss, und darüber hinaus viel Müh´.

Ich hatte sogar angeregt, Hans-Jürgen *und* Ruth je einzuladen. Bloß nebeneinander plazieren dürfe man sie natürlich nicht.

Jetzt durfte Buz seine beiden Gäste anrufen, und tat´s mit rührendem Eifer.

Ich riet Rehlein, allen Freunden zu schreiben: „Mein Mann wird am Donnerstag stolze 65 Jahre alt, und würde sich über eine kleine Aufmerksamkeit sicherlich sehr freuen!"

Dann erzählte ich Ming, daß Buz zu seinem 65. Geburtstag von Rechts wegen 65 Gäste einladen dürfe. Doch die meisten kann Rehlein leider nicht ausstehen.

Zwar sind Buz und Rehlein in ihrem Fernseh-geschmack weitestgehend kompatibel, so daß bei uns - anders als bei televisatorisch inkompatiblen Eheleuten - *ein* Fernseher ausreicht. In der Auswahl der Freunde jedoch sind sie es deutlich weniger.

Zum Abendessen schauten die Erwachsenen eine unappetitliche und auch beängstigende Sendung über Zecken, bzw. darüber, wie leicht man sich eine Borreliose einfangen kann, und Buz bekam davon einen ganz verdrossenen Ausdruck ins Gesicht — solcherart, als sähe er sich und seine Lieben bereits auf dem Katafalk liegen.

Mittwoch, 30. April

Oftmals triefend regnend.
Abends klarte es wieder auf,
und am Himmel zeigte sich gar ein Loch
in den Wolkenhügeln und Wolkenkatarakten,
durch das sich vereinzelte Sonnenstrahlen
auf die Erde hinabhangelten

Von Mings jugendlichem Elan, und der Früh-
stückstischsdeckungsagilität vibrierte das ganze
Haus.

Schließlich erhob ich mich mit Schwung, und
mußte dankbar darüber nachsinnieren, wie das jetzt
wohl gekommen wäre, wenn ich mir dabei den
Knöchel gebrochen hätte?

Unten hatte Ming allerdings bereits auf amerikanische Art zuende gefrühstückt.

(In Amerika helpt man sich self, und sieht zu,
rasch zu Potte zu kommen, um sich Sinnvollerem
zuzuwenden.

Am Vormittag unterrichtete ich die Maria in Mings
engem Kabüffchen.

Für eine Ärztin gänzlich untypisch befrug mich die
Maria höchst interessiert nach den vielen Fotos, die
Mings Wände zieren, und wo immerhin zwei Fotos
vom glutäugigen und dunkelhäutigen Jennylein
prangen – unserer halb-ägyptischen Kusine in
Amerika, die man kaum jemals zu Gesicht bekommt,
so daß man genötigt ist, die Erinnerungen an sie in
Form eines Fotos warm zu halten.

Die Maria erzählte von ihrem Leben in Berlin, und ich erfuhr, daß bei ihrer dortigen Bratschenlehrerin vom Bratschenunterricht selber nicht viel übrig blieb, da beide Damen synchron schwanger waren, und somit pausenlos über ihre Schwangerschaft reden mußten.

So nutzte man die Bratschenstunde eben dazu, sich über Schwangerschaftsgeschichten auszutauschen.

Mittags gab´s ein köstliches Mahl:

Einen Kartoffel/Möhren-Eintopf, von dem ich nicht genug bekommen konnte. Doch kaum wollte man sich dem Genusse hingeben, da tönte das Telefon:

Heidi Abel hatte ihr Börsel in Buzens Auto vergessen: Mehr noch: Da sie das Böresl vergessen hatte, ließ sie aus Scham ihre kostbare Violine in der Markthalle als Pfand zurück.

Etwas, das ihr nun großes Mißbehagen bereitete, („Ja, spinn denn ich??") so daß sie ihr Börsel nicht schnell genug zurückbekommen konnte, und Buz ihr eilig entgegenfahren mußte.

Ich fuhr in die Stadt, um Geschenke für Buz zu kaufen.

Ming war mir als vorbildliches Beispiel bereits vorausgegangen, indem er loszog, um für Buz Wein und Schokolade zu kaufen.

An der Zeitungswand im Stadtinneren las ich, daß die Jugend mit der Duzer- und Siezerei im Vergleich zum Jahrzehnt davor, viel förmlicher geworden sei.

Mit dem größten Interesse studierte ich die Traueranzeigen, als mir die vorbeiradelnde Mutti Förster erfreut einen Gruß entbot. Wie um dem soeben gelesenen Artikel eine lange Nase zu drehen, duzte sie mich auf unkomplizierte und herzliche Weise, da wir vor dem HERRN alle gleich sind.

Ich erfuhr, daß Frau Förster mit ihren beiden Kindern hinter den Carolinenhof gezogen sei.

Demnächst wolle man uns unbedingt zur Einweihungsfeier einladen.

Ich erzählte, daß Buz morgen Geburtstag habe – doch dies hatte Frau Förster schon gewußt, und bereits schöne Geschenke besorgt.

Somit befanden sich heut mindestens drei Leute in der Stadt, die Geschenke für Buz aussuchten.

Im Buchladen kaufte ich Buzen zwei dicke chinesische Familienepen, da es ein Hobby Buzens ist, chinesische Familientragödien zu lesen, die meist wirklich packend, und sehr zu empfehlen sind.

Beginnt Buz ein solches Buch, so kann er gar nicht mehr aufhören zu lesen, und liest in jeder freien Sekunde darin herum.

Gegen 18 Uhr gab´s bei uns einen köstlichen Obstsalat.

Ming & Rehlein sprechen fast nur noch über den geplanten Anbau.

Die Zeichnung, die der Bauzeichner Kruse angefertigt hat, sieht leider so unglaublich unkünstlerisch und unbegabt aus, daß es schier um Lachen ist.

Wenig später flanierten wir mit dem losen Ziel, eventuell Christiane und Johann zu besuchen durch Auricher Vorortgegenden, und bei dieser Gelegenheit sprang uns ein unglaublich häßlicher Anbau ins Auge, der ausschaute, als sei er von Herrn Kruse entworfen worden.

Spaßeshalber stellten wir uns vor, das sei unserer, und lachten darüber vierstimmig!

Buz träumte davon, am Vorabend seines 65. Geburtstags mit Johann und Christiane zwanglos ein Glas Wein zu trinken. Wir liefen durch die Glupe, und inmitten frühsommerlichen Blätterrauschens im Zephirwinde rief Buz die Omi auf dem Händi an. Buz war sehr warm gestimmt, und sagte zwiefach „mein liebes Schätzlein!" zu seiner alten Mutter.

Dort wo einst das schmucke Autohaus stand, ist heut nurmehr eine Kahlfläche zu sehen.

Das Autohaus ist bereits vor geraumer Zeit abgerissen worden, und die nassgeregnete Kahlfläche schaut aus, als wolle man hier - direkt an der dichtbefahrenen Straße - ein Freibad errichten.

Rehlein wußte allerdings, daß dort demnächst ein Supermarkt hingebaut wird, und dieser Gedanke gefiel mir, da ich Supermärkte liebe.

Als vermeintliche Überraschungsgäste schellten wir bei unseren lieben Freunden.

Doch dann waren *wir* die Überraschten: Man hatte nämlich mit Buzens Erscheinen gerechnet, denn die Christiane hatte Buz gestern auf lose Weise, und im Vorübergehen vorgeschlagen, am Abend kurz vorbeizuschauen, um gemeinsam ein Glas Wein zu trinken - wohlwissend, daß ein gemütlicher Geselle wie Buz dererlei wohl kaum ausschlagen würde?

Nun war die Freude groß, denn in der Wohnstube war der Abendbrottisch auf einladende Weise appetitlich mit feinsten Speisen gedeckt, und hinzu ein Kandelaber entzündet worden.

Buz würde sich heute abend von seiner Zeit als 64-jährigem Herrn verabschieden müssen. Am nächsten Tag muß er dann versuchen, Tritt in einem neuen Alter zu fassen.

Das süße, kleine Buzzewackele auf dem alten sepiagetönten Foto, das bei uns in der Stube steht, gibt es nicht mehr. Es hat sich aufgelöst wie eine Wolke, und ist zu einer ganz fernen, kaum noch greifbaren Erinnerung geworden.

Mir wurde wehmütig ums Herz.

Außer uns war noch ein weiteres Ehepaar mit einem Kleinkind erschienen, und auch der Hausarzt Bernhard hatte sich herbeibemüht, und eine selbstangerührte Quarkspeise mitgebracht.

Frohsinn breitete sich aus.

Die Gäste erzählten einander auf lebhafte Weise mehr oder weniger Belustigendes aus dem Alltag, und der kleine Hendrik ließ beständig geräuschvoll seine Autos hin- und herfahren.

„Brumm! Brumm!" rief er infantil und störte das Gelächter.

Nach einer Weile erzählte man sich Witze, und lachte gröhlend und enthemmt.

Personenverzeichnis:

Anna V., ehem. Lebensgefährtin von Buzens Spezi Yossi
Arthur, lieber Freund in Ostfriesland (*1962)
Bärbel, Tochter unserer Nachbarin (* um 1937)
Baumgarts, befreundete Familie in Aurich
Bea (Beätchen), (*1943) Tante mütterlicherseits in Kalifornien
Berke, Herr, (*1938) lieber Freund Rehleins
Bernhard, Homöopath aus dem erweiterten Bekanntenkreis
Buz, (*1938) unser Vater
Christa, (*1946) Frau von unserem Onkel Hartmut
Christiane, Hausfrau und Mutti in Aurich (*1966)
Christoph, lieber Freund in Aurich, Cellist, Komponist, Lehrer und Dirigent (*1965)
Daaje, (*1994) älteste Tochter von Mings Exe Gerswind
Debbie, (*1953) Ehefrau von Onkel Dölein in Amerika
Eberhard, (*1947) Onkel väterlicherweits
Franz, (*1968) Jünger und treuester Diener Buzens aus Taiwan
Friedel, Lieblingsvetter in Bonn (*1962)
Förster, Frau, Schülermutti Buzens (Geburtsjahr unbekannt)
Gerswind, (*1964) uneheliche Exe Mings
Gloria, Studentin Buzens (*1977)
Großmann, Familie, Achim, Gitarrist in Fischerhude (*1953), Inga (*1970) Judith (*1998) und Ludmilla (*2003)
Han-Lin, (*1974) Studentin Buzens aus Taiwan
Hans-Jürgen, (*um 1952) Lehrer in Ostfriesland
Heike, Herr, (*1933) vielseitiger Herr, Professor, Komponist, Geigenbauer...
Hendrik, (*1994) Klavierschüler Buzens
Hilde, (*1964) Exe Buzens
Irene, (*1944) Rehleins Kusine dritten Grades in Ofenbach. (Die Großmütter waren Schwestern)
Jens-Peter, unbekannter Herr, der gerne morgens in der Kneipe abhängt

Johann, (*um 1965) Familienoberhaupt einer kleinen Familie in Aurich

Luisa, (*1980) ehemalige Flamme Mings

Lüvers, Frau, (*1937) ganz nette Frau in Aurich

Maria, Freundin und Schülerin (*um 1965)

Meyer, Herr & Frau, (*1935) Zugehfrau in Aurich und Herr

Münch, Frau, (*1943) meine Sekretärin

Otloff, Herr, Malermeister in Ostfriesland (*um 1942)

Petra, Studentin Buzens (*1971)

Priwitz, Alma und Bärbel, (*1911/1938) Mutter & Tochter nebenan

Rainer, (*1934) Onkel mütterlicherseits in Kanada

Reimers, Rektoreneheleute in Trossingen (*1941/1942)

Rita, vollbusige Tresendame in der Spelunke „Tante Olli" am Wegesrand

Rosa, Freundin von unserem Vetter Friedel

Schinke, Frau, (*1934) meine Bratschenschülerin

Schütt, Herr, (*1917) väterlicher Freund Buzens

Simone, Brieffreundin

Stephanie, (*um 1973) Fräulein im Hause gegenüber

Swetlana, Pianistin aus den Niederlanden (Geburtsjahr unbekannt)

Uschilein, (*1946) Exe von unserem Onkel Eberhard

Ute M., (*1963) liebe Freundin in Herrenberg, Baden Würtemberg

Veronika, (*1945) liebe Freundin aus Nürnberg

Waders, Eheleute in mittleren Jahren in Aurich

Wembo, (*1980) Bratschenschüler Buzens

Wies, Eheleute, (*1940) Omis Helferin in Grebenstein

Yossi, (*1947) Spezi Buzens. Bratscher.

….und weiter geht´s im nächsten Band.
Erscheint am 11. April 2022…..